妹が女騎士学園に入学したらなぜか救国の英雄になりました。ぼくが。2

After my sister enrolling in Girl Knights School, I become a HERO.

Kanade
銀髪
メイド
実は暗殺者
カナデ

ボタン、おっぱいで吹き飛ばさないように……
ご主人様がおきちゃう……

なあスズハくん。
そろそろわたしと
交代しないか？

もちろん兄さん以外の男性に
肩車させるなんてことはあり得ませんのでご安心を

今だけは二人きりだから――
名前で呼ばせて？
――ボクの命を
救ってくれてありがとう、
今までボクのこと、
支えてくれてありがとう。

そしてこれからも
末永くよろしくお願いします——

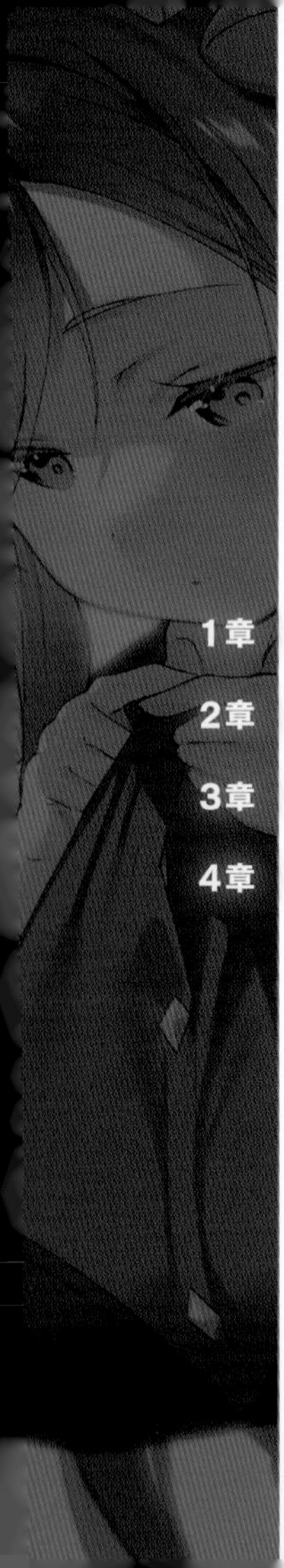

Contents

妹が女騎士学園に入学したらなぜか救国の英雄になりました。ぼくが。2

After my sister enrolling in Girl Knights'School, I become a HERO.

妹が女騎士学園に入学したらなぜか救国の英雄になりました。ぼくが。2

ラマンおいどん

ファンタジア文庫

3275

口絵・本文イラスト　なたーしゃ

妹が女騎士学園に入学したらなぜか救国の英雄になりました。ぼくが。

After my sister enrolling in Girl Knights'School, I become a HERO.

2

author.
ラマンおいどん

ill. なたーしゃ

1章　辺境伯領を取り戻せ

1

なにがなんだか分からないまま、辺境伯になってしまった翌日。

ぼくは早速トーコさんから呼び出されて、王宮に出向いていた。

女王の執務室に座るトーコさんの横にはユズリハさんと、妹のスズハの姿。

なんでも、昨晩は三人で女子会をしたのだという。

新女王の即位式をしたまさにその日に、女王と公爵令嬢をプライベートで独占するとか、兄として鼻がとても高い。

ウチの妹ってば、ひょっとしてこの国最強のコネの持ち主なのではなかろうか？

まあそれはそれとして。

「昨日はどうだったかな、スズハ兄？　貴族になって一日経《た》った感想は？」

「もう滅茶苦茶《めちゃくちゃ》大変でしたよ」

「へえ？」

「あれから即位舞踏会の最中はもちろん終わってからもずっと、知りもしない貴族たちに話しかけられ続けたんですからね？　結局お鮨《すし》もロクに食べられてないし、ようやく家に逃げ帰ったら真夜中だし。しかも今朝になったら家に大量の手紙が届いていたんですけど、なんですかあれ？」

「スズハ兄は手紙の中身を見たのかな？」

「いえ全然。だって挨拶なら即位舞踏会で、出席してた貴族全員とした勢いですからね。なんであんな量の手紙が来るのかもさっぱりで」

「それって多分、ほぼ全部お見合いとか婚姻の申し込みだから」

「えええっ⁉」

「まあ当然だよねえ。今のこの国で、飛ぶ鳥を落とす勢いのスズハ兄を取り込みたいって思わないアホ貴族がいるとは思えないもん。そんな低脳貴族は、この前スズハがみーんな粛清《しゅくせい》しちゃったからさ」

トーコさんが笑顔で恐ろしいことを言うと、その横にいるユズリハさんも当然のように頷《うなず》いて。

「そうだな。しかしキミにはゆめゆめ忘れないでほしいが、キミを最初に見いだしたのはこのわたし——もとい、サクラギ公爵家なのだからな？　そしてわたしも父上も、キミの後見人としての立場を絶対に手放すつもりはない。もちろん分かっているだろうが――」

「は、はい……？」

「なのでもちろん、キミの結婚相手についても十分な吟味を重ねている。無論のことだが辺境伯としても、キミがさらに功績を重ねて爵位が上がっても、釣り合いが取れる相手を選ぶつもりだから安心するといい」

「初耳なんですが⁉」

「た、ただまあ、キミに相応《ふさわ》しい爵位と戦闘力を兼ね備えるとなるとだ……少々ガサツな女が選ばれる可能性も大いにあるのだが、そこは我慢してもらいたいというか……！」

「なんで嫁さんと戦闘力が関係あるんですかねえ⁉」

「そ、それはキミの生涯の相棒になるならば、キミの背中を護《まも》るのにふさわしい実力者の必要があるだろう！」

「結婚相手の条件が物理的すぎる⁉」

ただでさえモテないぼくなのにそんな条件をつけたら、それこそ生涯結婚できる相手がいなくなってしまう。

さすがに冗談でも勘弁してほしい。

「――まあユズリハさんの冗談は別として」

「冗談でもなんでもないが」

「言われてみれば、たしかに昨日、貴族の皆さんからかなり聞かれましたね」

「ふむ。キミ、なにを聞かれた？」

「ぼくは結婚してるのかとか、付き合ってる相手はいるかとか。ただの世間話の話題だと思ってましたけど」

「情報収集は大事だからな。それに縁談はさすがにダメ元だろうが、少しでも早くキミに近づいておくのは重要だし」

「はあ……」

「いくら救国の英雄といったって、まだまだキミは貴族社会では新参者にすぎん。だから今のうちから唾を付けておけば、キミがもっともっと偉くなったときに『ローエングリン辺境伯はワシが育てた』って感じの後方腕組ヅラができるというわけさ」

「これ以上偉くなる予定は一ミリもないんですがねえ？」

「それは解釈の違いだな。念のため忠告しておくが、キミが王都にいる限り今後も縁談の申し込みは日に日に増す一方だろう。なにしろ貴族としては自分が取り入る前に、キミが誰かに攫《さら》われたら終わりだ」

「なんてこった！」

貴族の皆様による、ぼくへの謎の期待が辛《つら》い。

「それって、どうすればいいんですかねえ……？」

「そんなの簡単だよ。スズハ兄」

「トーコさん！」

さすが女王、こんな時の対処法も知っているとは助かる。

いまぼくがこんな状況で困ってる原因が、ほとんど全部トーコさんである気がするのはさておき。

「王都にいる限りは他の貴族に捕まるんだからさ、ほとぼりが冷めるまでは自分の領地に逃げてればいいんだよ」

「ぼくの領地？　そんなものあるんですか？」

「そりゃ辺境伯だもの。あるに決まってるよ」

「てっきり名ばかりかと思ってました」

「まあ実際の領地運営は、執事でも雇って任せてもいいんだけど。とはいえキミも新しく辺境伯になったわけだし、最初から任せきりってのもアレだからさ。キミが領地について把握できるまで、ローエングリン辺境伯領に避難してればいいんじゃないかな？」

「なるほど」

貴族たちから逃げられるし仕事もできるしで一石二鳥、さすがは女王のトーコさんだと感心していると。

「だからその時に、ついでに領地を取り返してくるといいよ」

「……はい？」

「言い忘れてたんだけど、スズハ兄の領地は現状、みんな敵国に占領されてるから」


……なんだってえぇぇ⁉

2

「いや、どうも話がおかしいとは思ってたんだ」

王都を出て数日。

ローエングリン辺境伯領へと続いている険しい山道を歩きながら、ぼくはスズハ相手にぼやいていた。

「ぼくが貴族だなんてヘンだと思ってたけれど、前王子たちのやった戦争で領地をみんな奪われた辺境伯ならまだ納得だよ。結局それってなんの利益もないもの」

「ですが兄さん、ローエングリン辺境伯家はこの国でも有数の名門貴族だったようです。もっとも特権階級意識バリバリの鼻持ちならない連中だった上に暗愚で無能だったため、ユズリハさんの手で一族まとめて粛清されたようですが」

「それって名門なんだか名門じゃないんだかよく分からないよね。——ところでスズハ、様子はどう？」

「順調です、兄さん」

スズハは今、ぼくに肩車される形で周囲を見張っていた。

こんな山奥は魔物もいるし、山賊だっている。だから見張りは欠かせない。

普段ならぼくが警戒するんだけれど、スズハが「一人前の女騎士になる訓練を兼ねて、自分が見張りをしたい」とか言い出したので、ローエングリン辺境伯領へと向かう道中はずっとスズハが見張りをしていた。肩車で。

「ところでスズハ。ずっと気になってたんだけど、一日中ぼくに肩車されたまま見張りを続けるのってキツくない？　降りればいいんじゃないかな？」

「そんなことはありません。兄さんもご承知の通り、見張りでは少しでも高いところから見るほうが有利ですから」

「まあそりゃ理にかなってるけど」

「もちろん兄さん以外の男性に肩車させるなんてことはあり得ませんのでご安心を」

「そこは聞いてないけどね」

なにが安心かはともかくとして、スズハがどこかの男の後頭部に鼠蹊部《そけいぶ》を密着させたり、どこかの男の首筋にスズハの鍛え抜かれたふとももが巻き付いたり、どこかの男の頭上がスズハの目を疑うほどたわわに発育した巨乳を置く場所になったりしないのは、兄としてちょっぴりホッとしたりする。

ぼくは兄だから、別にやられてもいいんだけどさ。

それにスズハが肩車されながら見張りをすると、あれこれと身動きするたびにいろんなところが揺れて擦《こす》れて押しつけられるのだ。

もしこれが妹じゃなかったら大変だったよ。

——そして。

そんなスズハのスカートを、くいくい引っ張っているのはユズリハさん。

「なあスズハくん。そろそろわたしと交代しないか？」

「嫌です。ていうかユズリハさん、なぜ兄さんに付いてきたんですか。わたしと兄さんの向かう目的地は兄さんの領地であって、サクラギ公爵家とは無関係のはずですが？」

「知れたこと。わたしはスズハくんの兄上の唯一無二の相棒なのだからな、家のことより相棒の背中を護るほうが大事だろう？」

「とても大貴族の言葉とは思えませんが？」

「父上は快《こころよ》く送り出してくれたぞ？　まあスズハくんの兄上が、いまや我が国で一番の大注目株でなければ、そう簡単にいくはずもなかったろうがな」

「……兄さんと一緒にいることが、公爵家にとって最良であるという判断ですか……！　くっ、名を捨てて実を取るとはまさにこのことっ……！　まったく大貴族という人種は、つくづく抜け目がありませんね……！」

よく分からないけど、ユズリハさんがぼくらとローエングリン辺境伯領へ向かう理由を、スズハは納得したようだ。

ぼくもそれ疑問だったんだよね。

ユズリハさんに聞いたらしょんぼりした顔で「わたしはキミと一緒に行きたいのだが、ダメだろうか……？」なんて言われてしまったので、それ以上は聞けなかったのだけれど。

それはともかく。

なぜか勝ち誇った顔のユズリハさんが、ぼくのほうを向くと満面の笑みで言い放った。

「なあ、キミからも言ってやってくれ。わたしに肩車を替わるべきだと」

「絶対にダメです」

「なんでだッッッッッッ!?」

なんでも何もありませんがな。

いまぼくに密着して首筋をぎゅうぎゅう圧迫しているムチムチっとした太ももの感触や、頭上でゴム鞠《まり》のように跳ねて時にはハンマーのように振り下ろされる二つの特大メロンや、何より背後から漂ってくる女の子特有の柑橘《かんきつ》系の匂いがもしユズリハさんのものだったら、ぼくが我慢するのが大変だからですよ。

どうオブラートに包んで説明しようかと思っていると――

「あ。ストップです、ユズリハさん」

「どうしたキミ?」

「罠《わな》ですね」

「……どこにだ?」

「ここです」

地面の色が微妙に違う部分をぼくが示すと、ユズリハさんは何度も目を凝《こ》らした後に、ようやくなるほどと手を打った。

「よく見つけられたな。こんなのキミ以外じゃ絶対分からないぞ?」

「ぼくも地面の色だけじゃ分かりませんよ。魔力の流れが不自然だったので、なんとなく見つけられましたけど」

「そんな見つけ方ができるのはキミだけだと思うが……？」

慎重に掘り起こしてみると、そこには巧妙にカムフラージュされた設置型の魔法陣が。

「……猟師が仕掛けたものでしょうか？」

「ここら一帯は、この前の戦争で戦場になったところだ。もっとも前の王子どもが率いる我が国の軍隊はケチョンケチョンにやっつけられて、勝負にならなかったようだがな……その時に仕掛けられた魔法陣が残っているのかもしれない」

「では処理しますか」

「うむ。それがいいだろう」

猟師の仕掛けた罠という可能性も考えたけれど、猟師なら魔法の罠なんて使わないとはユズリハさんの弁。

ならば処分すべきだろう。

念のためじゅうぶん離れたところから、石を拾って罠に投げて起動させる。

「えいっ」

ちゅどおおおおおおおんっっっっっっっっっ‼

想像していた百倍くらい大きな爆発が起きた。

あまりの爆発の凄《すご》さに、スズハもユズリハさんも爆風でスカートが捲《まく》れるのも構わず、その場で固まっていた。

煙が晴れると地面には直径二十メートルほどのクレーターができていた。

「……え、えっと。兄さん……？」

「間違いなく、猟師の罠じゃなかったね……」

「当たり前だ。あんな罠に引っかかったら、どんな獣でも肉片も残らず消し飛ぶだろう。それはともかく……」

なぜか背中から、ぎゅっとユズリハさんに抱きしめられた。

ユズリハさんの豊満すぎる胸元が潰れて、ぼくの背中全体に感触が広がる。

「また今日も、わたしはキミに命を助けて貰《もら》ったようだな……ふふっ」

それは違うといいたい。

だってぼくがいなければ、そもそもユズリハさんはこんな場所にいないのだから。

もっともそれを指摘したら、ユズリハさんに「キミは本当に空気を読まない男だな！そういうところだぞ！」と半泣きで怒られる未来が見えたので、黙っておくけどね。

野を越え山を越え、ぼくたちがようやく辿《たど》り着《つ》いたのは小さな宿場町だった。

「この宿場町を越えた先からローエングリン辺境伯領、つまりキミの領地だ」

「でもユズリハさん。ぼくの領地って、全部敵に占領されてるんですよね？」

「そうだ。だから今は事実上、この宿場町が国境ということだな」

ぼくたちがそんな話をしながら宿場町に入ると、通りの真ん中に立った一人の少女が、こちらをじっと見ていた。

その少女は無表情で、恐ろしく可憐《かれん》な美少女で、周囲から完全に浮いていた。

その少女は銀髪でツインテールで褐色肌でロリ爆乳、しかもメイド服まで着ていた。

あえて言おう。

胡散臭《うさんくさ》さの宝石箱だと。

「に、兄さん？　アレは一体……？」

「しっ。見ちゃいけません」

触らぬ神に祟《たた》りなし。

3

　ぼくたちは宿を探すフリをしながら、ごく自然に道を逸《そ》れて──

　シュンっ、とまるで瞬間移動したかのように、メイド少女が自然にぼくたちの行く手を塞いだ。

　えええええ⁉

「その、えっと──？」

「あの地雷を無傷で突破した……カナデのご主人様検定、第一次試験……合格……！」

「なにを言ってるのか分からないよ⁉」

「……あたらしいご主人様。迎えに来た」

「いやきみ身のこなしがガチの暗殺者だよねえ⁉」

「……気のせい」

「気のせいじゃないよ！　いまシュンって動いたよね、シュンって！」

「音もなく、ご主人様のそばにそっと待機《しのびよ》する。それが有能メイド」

「マジで⁉」

　でも言われれば公爵家で見たメイドさんも大概万能だったし、本当なのか……？

「絶対に違うと思います、兄さん」

「絶対に違うな。公爵家の娘として断言しておくが」

「……そんなのはささいなこと。どうでもいい」

まあ確かに、できるメイドがどんなのかはさておいて。

「えっと、キミは一体？」

「カナデはローエングリン辺境伯家に仕えていたメイドの中で、唯一生き残ったメイド。名前はカナデ。よろしく」

「そうだったんだ」

「カナデの身長は一四二センチ、体重はひみつ。スリーサイズは上からひゃく――」

「そんなこと言わなくていいからね⁉」

「でも前のご主人様は、すごく聞きたがってた」

きょとんとしたカナデの様子に、どういうことかとユズリハさんを見ると。

ユズリハさんは遠い目をして、

「ええと、なんというか……ローエングリン辺境伯家の一族は、揃《そろ》いも揃ってロリ巨乳が大好物らしくてな。何を隠そうわたしもトーコも、まだ小さい頃は舐《な》め回すように胸元をガン見されたものだよ」

「うわぁ……」

「それでも貴族の性癖としてはまだ大人しいほうだから……」

「……大人しくない性癖っていったい……？」

「聞きたいか？　某貴族に小一時間、屍体性愛《ネクロフィリア》について熱く語られた話とか」

「謹んで遠慮します」

貴族の性癖の闇は深い。はっきりわかんだね。

「……というわけでカナデは、これから新しいご主人様にお仕えする」

「はいはい」

こうしてぼくたち一行に、すごくキャラの濃ゆいメイド少女が加わったのだった。

＊

カナデの盛られすぎた過剰属性っぷりはともかく、有能だというのは本当のようで。

「これ。いまの敵軍の占領状況をまとめたもの」

宿屋での作戦会議で、カナデがそう言って差し出した一連の報告書は、今のぼくたちが一番欲しかった情報そのものだった。

「兄さん！　これ、敵軍のいる場所と人数がどれだけか、詳しく書いてあります……！」

「それぞれの街の被害状況や食糧備蓄も調べてあるぞ、キミ！」

「それどころか司令官の名前や風貌、その戦い方のクセまで……！」

「えっへん」

褒めまくられたカナデは一見無表情だけど、ふんぞり返った鼻の頭が膨らんでいるので多分ドヤ顔してるのだろう。

「キミ、これだけ情報があれば作戦も立てやすくなるな」

「はい、もちろんです」

「これまでは単純に、見つけた敵兵を片っ端から殴り飛ばせばいいと考えていたが」

「それは無作戦すぎませんかね⁉」

「冗談だ。単純かつ有効な作戦だが、それをやると街に壊滅的な被害が発生するからな。しかしこの資料の内容を追っていくと――」

ユズリハさんはふむりと顎に手をやって、

「こうして見ると、戦争とは思えないほど建物の被害が無いな。恐らくは戦闘になる前に、我が国のバカ王子軍が逃げ出したのだろうが」

「なるほど」

「やはりそれぞれの街で、司令部を直接襲撃するのが一番だろうか。キミはどう思う？」

「そうですねえ……」

「わたしとキミの二人で乗り込めば、それぞれの街司令部を壊滅させるなど朝飯前だろう。もちろんキミ一人でも楽勝すぎるだろうが……わ、わたしは、キミの背中を護《まも》らなくてはいけないからな！　相棒として！」

ていうかそれ、ユズリハさん一人で十分すぎる。

むしろぼくが足手まといというか。

でもなあ。

「その作戦で、街への被害ってどれくらい出ると思います？」

「街の中心部が致命的な被害を受けるくらいじゃないか？　我々がターゲットにするのは司令官のいる建物だけでも、敵軍にいる魔術師が黙って見ているとは思えん。攻撃魔法の流れ弾で、司令部周囲の建物が破壊されるのは避けられないだろう」

「そうすると住民にも被害が出ますよね？」

「まあ多少はな。ただし籠城《ろうじょう》戦をされる場合に比べれば、被害は格段に少ないが」

「野戦で敵兵だけ相手にする、って方向にはできませんか？」

「……難しいだろう。オーガの大樹海の討伐劇でキミの強さは他国にも広まっているし、憚《はばか》りながら、このわたしもそれなりに有名だからな。頭がパーでかつ絶望的な実力差も分かっていない敵軍司令官の一人や二人くらいは野戦を仕掛けてくれるかも知れないが、最低限の知能があれば打って出るなどあり得ない」

「つまり籠城戦ですか……」

お貴族様の感性でどうなのかは知らないけれど。

つい先日まで一般庶民だったぼくとしては、戦争で街の住民が犠牲になるのはやっぱり避けたいわけで。

それに司令部として接収される建物っていうのは、大抵はその街のシンボルであって、破壊しても建て直せばいいってものじゃない。

なんとかならないかなあ、と考えるぼくなのだった。

4（トーコ視点）

トーコを女王にする目的を果たした後も、不定期ではあるものの、サクラギ公爵家での密会は続いていた。

ある日の深夜。

トーコが勝手知ったる公爵家当主の書斎に入ると、出迎えたのは公爵ただ一人だった。

トーコがきょろきょろと室内を見回して、

「あれ、ユズリハはいないのかな？」

「……あのアホ娘が……」

「なになに、どったの？」

公爵が沈痛な面持ちで、トーコに一枚の手紙を差し出した。

「どれどれっと——『わたしは相棒の背中を護るために、旅に出ます。父上もお達者で』ってなにこれ？」

「あのアホ娘のベッドの上に、この書き置きが残してあった。それ以来音信不通だ」

「これ、間違いなくスズハ兄に付いていったよねえ？　ていうか公爵ってば、よくそんな許可を出したね」

「許可するはずなどないだろう！」

公爵がこめかみを揉《も》みしだきながら、

「あの男の側《そば》に行くにしても、今はあまりに時期が悪すぎる。女王が替わったばかりで、粛清《しゅくせい》は終わったが潜在的な反乱分子は潜んでいる、しかもウエンタス公国との戦争状態はいまだ継続中なのだぞ！　それなのに、国家を支える柱となるべき公爵家の直系長姫が、いま王都を離れてどうするか！」

「まあそう言ってくれるのは、女王のボクとしても嬉《うれ》しいけどさ」

「あのアホ娘は何度もあの男に付いていきたいと言ったが、もちろん全て却下したのだ。それなのに――」

「ユズリハにはちゃんと説明したの？」

「当然だ。あまりにもしつこかったから『公爵家の娘として、なすべきことを見誤るな』と一喝までしたのだぞ。そしたら翌日にこの有様《ありさま》だ――！」

「なるほど。だったら公爵が悪いかもね？」

思いがけないトーコの言葉に、公爵が眉をつり上げる。

「どういうことだ……？」

「ねえ、考えてもみてよ。今この時点で、ウチの国の貴族みんながしようとしてることは一体なにさ？」

「そんなことは決まっている。国家の体制をいち早く建て直して、なるべく有利な条件でウエンタス公国との戦争を終結させて、女王の政権を安定させることだろう」

「ぶぶー。全然違うよ」

公爵の熱弁をトーコがあっさり斬り捨てて、

「ていうかそんなの、貧乏くじ引いた上級貴族の誰かがやればいいってみんな思ってるよ。たとえば女王のボクとかがね」

「でもってそんなことより先に、自分の家と領地を発展させるために、このタイミングで貴族たちが自分で動くべきことがあるわけさ。だから今、貴族連中はどいつもこいつも、自分だけはそれを抜け駆けしてやろうって血眼になってる」

「……それは、女王の政権を安定させることより重要なのか？」

「よっぽど重要だねー。もしボクが貴族でも、そう動くに決まってる」

「どう動くというのだ？」

「まったく、ここまで言われても気付かないなんて呆《あき》れるよ。ほかの貴族たちから見たら噴飯ものだからね？」

やれやれと肩をすくめて、あっさり答えを口にする。

「そんなの決まってるでしょ。スズハ兄と、少しでも親しくなることだよ」

「……なん、だと……？」

虚を突かれたような公爵の表情。

明らかに、重要だとは認識していたがそこまでと認識していなかった、そう告白したも同然の反応だった。

トーコが薄く笑って、

「むっ……」

「サクラギ公爵家は、そりゃ最初からスズハ兄とガッチリくっついてるからいいけどさ。それ以外のどの貴族も、心の底から、どうにかしてスズハ兄と友誼《ゆうぎ》を結びたいってガチで懇願しているんだよ」

「…………」

「当然だよねえ？　新女王の命の恩人で救国の英雄、オーガの異常繁殖から大陸を救って、この国の武力の象徴《カリスマ》でもあるユズリハが完全にメロメロな上に、隣国を実質支配しているアマゾネスの覚えも大変めでたい。それでいて女王のボクとサクラギ公爵家以外に貴族のバックがいないっていう、超絶ウルトラ掘り出し物件なんだよ？」

「……だが、ワシの元にあの男を紹介しろという話はそれほど多くないが……」

「そりゃー公爵にスズハ兄を紹介しろって言っても、なんだかんだ理由を付けて後回しにされるに決まってるからねえ？　だったら、自分で直接スズハ兄に接触した方が早いって判断でしょ。——もっともスズハ兄がもう王都にいないって分かった瞬間、ボクと公爵に紹介してくれって懇願《なきごと》がわんさか来ると思うけど？」

「……確かにそうだな……」

公爵がなるほどという顔で頷《うなず》いた。

「ワシはユズリハを諭すつもりが、逆に同行の許可を与えていたというわけか」

「まあ、ユズリハはそんな難しいこと絶対に考えてないと思うけど？　自分に一番大事なことって言われても『それはスズハ兄の背中を護ることだ！』とか真顔で言いそうだし」

「だが結果としては間違いではない。少なくとも今回はな」

「あれ？　スズハ兄を逃すかもって不安になった？」

「……念には念を、ということだ」

「まあこっちとしても都合がいいけど。国家安寧のためにもね」

「……なぜ我が娘があの男と一緒にいることが、国家安寧に繋《つな》がる？」

「そりゃースズハ兄とその妹だけならともかく、ユズリハも一緒ならさ、そうそう馬鹿なことしようとする貴族もいないだろうからね」

　そう言って、トーコがスッと真顔になった。

「今の時点で、ウチの国が一番やっちゃマズいことって何だと思う？」

「それは……？」

「スズハ兄に、愛想《あいそ》を尽かされること」

「なんだと……!?」

「ボクが一番怖かったのはそれ。だからユズリハに、可及的速やかに王子側の反乱勢力を叩《たた》き潰してもらった。あのアホ王子たちに付いた貴族には、スズハ兄の重要性を理解する知能を持ち合わせる人間は一人もいなかったから。たとえ貴族の人数が少なくなりすぎて、統治に少なからず影響が出たとしてもさ、スズハ兄がある日どこかにいっちゃう可能性に比べたらよっぽどマシだからね」

それは公爵ですら初めて聞く、大粛清の真相。

実際、トーコが女王になる際の粛清劇で、この国の貴族の八割が消えている。

生き延びた貴族を公爵が脳裏に浮かべる。

彼らは思想は様々なれど概して優秀であり、そして平民を理由もなく馬鹿にするような人間は、一人も思い浮かばなかった。

「でもさ、現実問題としてスズハ兄の重要性が理解されたとしても、別の方向に暴走する可能性は十分ありうる。それでももし貴族の誰かが馬鹿やった結果、スズハ兄に失望されて出て行かれたら、その瞬間ウチの国は終わりだから」

「……それは……」

「スズハ兄はこの大陸をオーガから救った英雄だし、ユズリハは絶対スズハ兄に付くし、アマゾネスだって激怒する。どれか一つだってウチの国を潰すのに十分だよ？」

「…………」

「それにさ、そんな状況を知った近隣諸国は間違いなくウチの国を攻めるに決まってる。

それはもう早い者勝ちでね。ボクだって間違いなくそうするもん」

「……通達を出した方がいいだろうな。新しいローエングリン辺境伯家に対する、過度な接触の戒めについて」

「もう準備してあるよ。まあユズリハが側にいるなら、スズハ兄に舐《な》めた真似《まね》した連中は残らず斬り刻まれちゃうだろうけど？　ユズリハは怒らせると怖いからねー」

まるで他人事《ひとごと》のように言っているトーコだが、公爵は知っている。

トーコだって、本気で怒らせた相手は極大魔法で消し飛ばして、肉片どころか骨すらも残さないことを。

「――まあ、ユズリハのことはいい。今日はなんの話をしに来たのだ？」

「それだよ、ユズリハがいないせいで忘れてた。――えっと、これは噂《うわさ》なんだけどね」

トーコが公爵をじっと見つめて、低い声で告げた。

「スズハ兄をターゲットに、凄腕《すごうで》の暗殺者が雇われたって情報が入ったんだ」

「なんだと!?」

「意外じゃないっちゃないんだけどさ」

「……まあ、極めて正攻法かつ有効な手段だがな。いまあの男が暗殺されたら、我が国は大混乱に陥る」

「だねー。最悪は、精神がぶっ壊れたユズリハがもぬけの空になって戦力に全くならずに、他国に攻められてあっけなくジ・エンドって感じだよね」

「しかし暗殺など、そうそう上手《うま》くいくものでもなかろう」

なにしろ、スズハの兄は単体でもバケモノのように強い上に、そのすぐ横にはスズハもユズリハもいるのだ。

どうやって暗殺しろというのだと公爵が思うのも当然だった。

しかし。

「それがさ、そうでもなさそうなんだよ」

「むっ……？」

「あくまでも噂なんだけどさ、その凄腕の暗殺者ってのが本当にマジで凄腕なんだって。狙った獲物は絶対に逃さないし、一度は失敗しても最後には必ず仕留めてきた、そういう暗殺者なんだって」

「ふむ……」

「でもって、その暗殺者がその昔ユズリハを狙って失敗したから、今度はそれを阻止したスズハ兄を狙ってるって噂もあるわけ」

「……それは……ただの噂、なのだよな……？」

「噂にしちゃやけに具体的だよねえ。それに、なんとなく辻褄《つじつま》も合うし」

冗談ではない、と公爵の背中にねばっこい汗が滲《にじ》む。

もはやここまできたら、スズハの兄と公爵家の運命は一蓮托生《いちれんたくしょう》。

万が一にもスズハの兄に死なれたら、公爵家もまた致命的なダメージを受ける。

少なくとも、ユズリハが使い物にならなくなるのは間違いないだろう。

そして公爵家も終わる。それはもう文字通りに。

——そんな想像をして震える公爵の内心が、トーコには手に取るように分かった。

なぜならば。

公爵家を王家、もしくは国家に変えれば、そのまま自分自身に当てはまるのだから。

「……その暗殺者の、具体的な情報はないのか？」

「あるわけないでしょ。相手は凄腕の暗殺者だよ？」

「それはそうだが」

「それでもまあ、断片的な噂はあるけどね。——曰《いわ》く銀髪だとか、ツインテールだとか、妖精みたいに可愛《かわい》らしい幼女だとか、でも無口だとか」

「………………」

「あとは滅茶苦茶《めちゃくちゃ》巨乳だとか、褐色肌とか、メイド姿だったなんてのもあったかな？」

「……その情報が全部正しいとすれば、その暗殺者は銀髪ツインテール無口褐色ロリ巨乳美少女メイド、ということになるな」

「だねー」

「馬鹿馬鹿しい。なんの情報にもならん。そんな暗殺者がいてたまるか」

「ボク悪くないよ！　そんな情報しか集まらないんだよ！」

「王家の情報網を持ってしても、暗殺者の正体は皆目見当がつかない、か……」

ていうか腕の良い暗殺者の特徴なんて分かるわけがない、とトーコは思う。

正体を摑《つか》ませないからこそ凄腕なのだ。

公爵も期待して聞いたわけではないだろう。

そんなことより、暗殺を防ぐことこそが重要なわけで。

「それで？　どうするつもりなのだ？」

「スズハ兄だし、なんとかしてくれると信じたいかな？　ボクたちにできることといえば、スズハ兄やユズリハやアマゾネスたちに情報を流すことくらいだけどさ……」

「過剰反応が心配だな」

「そうなんだよね。ユズリハはまだしも、アマゾネスなんかに知られた日にはスズハ兄を保護するって名目でアマゾネスの里に連れて行かれて、そのままアマゾネスの王様に強制即位させられかねないだろうし」

「では本人にだけ伝えるか」

「それくらいだよねえ。……ボクの命を助けてくれた恩人にその程度しかできないって、すっごく悔しいんだけど……」

「焦《あせ》るな。恩を返す機会は必ずやって来る、今は信じることだ」

「うん……」

心を落ち着かせるために、用意されていたワインに口を付けるトーコに。

公爵がついでのように告げた。

「……これは公爵ではなく、一人の男としての忠告だが」

「なに？」

「初めてを捧《ささ》げたいなら、早いほうがいいだろう」

「ぶぶ――――――っっ⁉」

「女王になったのだろう。みっともなく噴き出すな」

「と、とととっ、突然なにを言い出すのかなぁ⁉」

「自国のみならず他国にすら注目されるほどの男となれば、いつ何があるか分からない。

――お前はクーデターで宰相に殺されかかったとき、自分が処女だったことを後悔したと言っていただろう？」

「それはっ！　ボクがもっと色仕掛《いろじか》けしてれば、いろいろ苦労しなかったかもって！」

「ワシは子供の頃から知っている。お前はそういうタマではない」

「なななな、」

「お前は好いた男に操《みさお》を捧げられなかったこと、それを嘆いていたのだ。お前が自分でどう考えていたとしてもな」

「ば、ばばば、ばかなことゆーなっ‼」

そう否定するトーコは恐らく、生まれて今までで一番真っ赤になっていた。

そのことが自分でも分かった。

5

メイドのカナデと出会った夜、ぼくはベッドでまんじりともせず何度も考えていた。

眠れない。

宿屋のベッドの中でぼくは、これからどうすればいいかずっと悩んでいた。

「うーん……」

普通に考えれば、ユズリハさんの言っていた作戦が一番なんだろう。

ユズリハさんなら、数万の兵士も蹴散らせる。

それは純然たる事実だ。

一対一でもバケモノみたいに強いユズリハさんだが、その強さは一対多数の時に真価を発揮する。なにせ殺戮の戦女神《キリング・ゴッデス》の渾名《あだな》を大陸に轟《とどろ》かせ、敵国から死神のように恐れられたユズリハさんだ。

ぼくとしてもオーガの大樹海で、変種のオーガを三日三晩倒しまくったユズリハさんを目《ま》の当たりにしている。

まさか街を占領している敵兵たちが、変種のオーガの大群より強いことはないだろう。

そしてこちらの戦力を考えれば、直接敵の司令部を叩くのが一番。

普通に戦えばユズリハさんを恐れて、敵は籠城《ろうじょう》戦を仕掛けてくるだろう。そうなれば住民への被害はますます拡大するだろうことも容易に予想がつく。

でもなあ。

「司令部を直接叩いても、領民への被害は免《まぬが》れないんだよね……」

綺麗事《きれいごと》で戦争はできない、というのは頭では分かっている。

けれどできるだけ、一般市民への被害を少なくしたいという気持ちはどうしても強い。

きっとぼく自身のココロが平民のままだからなのだろう。

最近なぜか貴族にさせられたぼくだけど、平民出身なのは一生変わらない。

「ん……？」

ベッドに寝て目を瞑《つぶ》って考えていると、天井裏に気配を感じた。

なんだろうか？

そのまま寝たふりをして、薄目を開けて様子を窺《うかが》う。

やがて天井の板が音もなく外れて、誰かが部屋の中に忍び込んだ。

誰だろう？

ユズリハさんを狙った暗殺者が、間違ってぼくの部屋に入ったのだろうかと思ったら。

「……よく寝てる」

ぼくのベッドの脇には、メイド服姿のカナデが立っていた。

どうしてカナデが天井裏から侵入してきたのか、さっぱり分からない。

これからどうするつもりなのかと思いながら寝たふりを続けていると、カナデがまるで予想しなかった行動に出た。

自分のメイド服を脱ぎ始めたのだ。

「……ボタン、おっぱいで吹き飛ばさないように……ご主人様がおきちゃう……」

なんとか聞き取れるくらいの独り言を呟《つぶや》きながら、カナデが慎重にブラウスのボタンを外す。押さえつけられていた発育過剰なロリ爆乳が解放されてたゆんっと揺れた。

続けてカナデがスカートのボタンも外し、スカートが床に――

「ちょっとカナデ⁉ 一体なにやってるのかなあ⁉」

「……あ。おきた」

「起きたじゃないよ！ 天井裏からぼくの部屋に忍び込んだかと思ったら突然脱ぎだして、いったいどういうことなのさ⁉」

「……えっと……よとぎ？」

「夜伽《よとぎ》なんて一言も頼んでないよねえ⁉」

「そんなことはない。えちちな銀髪ツインテールロリ爆乳美少女メイドが、ご主人様によとぎするのは貴族の常識。……いっておくけど、けっしてご主人様を胸の谷間に挟んだどくばりで暗殺しようとしたわけではない。けっして」

「なんで繰り返すのさ！ 逆に怪しいよ！」

「大事なことなので二回いった」

ずっと平民だったぼくには、貴族社会の常識が意味不明すぎる。

あとそれ以外にも、侵入方法からしてツッコミどころ満載だった。

「だいたいなんで、普通に扉から入ってこないのさ⁉」

「……あの扉には細工がされてる。スズハやユズリハに気づかれずに、出入りすることは難しい」

「え、マジで？」

「マジ」

気づかなかった。

ぼくの知らないところで、スズハかユズリハさんかは分からないけれど、ぼくの安全を気遣ってくれていたのだろう。感謝しなければ。

「でもだからって天井裏から来なくても」

「……そんなことない。カナデはメイド、メイドの仕事といえばそうじ」

「はあ」

そういえば、暗殺のことも俗に掃除って言うよね。べつに関係ないけど。

「そして、そうじといえば天井裏。なのでカナデは天井裏を知りつくしている」

「そうなの⁉」

「もちろん。しかもこの宿だけじゃなくて、どんな屋敷《やしき》の天井裏でも、カナデにかかれば庭もどうぜん」

「凄《すご》いなメイドさん！」

「むふっ」

無表情ながら、またも鼻の頭を膨らませてふんぞり返るカナデ。

この子ってば顔に出ないだけで、実は表情豊かだよね。

「――ってカナデ、ちょっと待った」

「なに？」

「どんな屋敷の天井裏でもって言った？」

「うん」

「本当にどんな屋敷でも？」

「……カナデのメイド情報網をなめないでほしい。すこし時間をもらえば、どんな屋敷の天井裏も調べてくる」

「たしかに、さっき貰《もら》った各都市の情報量も凄かったもんね」

――もしも、それが本当ならば。

これで道筋が見えてきた。

どうやってできるだけ市民の被害を少なく、敵軍から占領された都市を取り戻すか。

その作戦の鍵は、メイドのカナデが握っている。

＊

翌朝の朝食後。

みんなと一緒に部屋に戻ったぼくは、一晩かけて練った作戦を披露した。

「――なんだとキミ？　各都市にいる司令官の寝室を襲って拉致する、だと？」

「どういうことですか、兄さん」

二人が不思議そうな顔をするのも当然なので、順を追って説明する。

「カナデと話して偶然分かったんだけど、カナデはどんな屋敷の天井裏でも情報を持ってこられるんだって。だからそれを活用しようと思うんだ」

「ですが兄さん、一介のメイドになぜそんな特技が……？」

「そうだぞキミ。そんなものは一国のトップ暗殺者ギルドの、しかもエースでもない限り手に入れようがない情報だと思うのだが……？」

スズハはもちろん、ユズリハさんまでが難しい顔で首を捻《ひね》っている。

それくらい、ウチのメイドのカナデは優秀ということなのだろう。

なにしろ、サクラギ公爵家の優秀すぎるメイドを知り尽くしているユズリハさんですら、半信半疑なのだから。

「……とはいえ、その話が本当だとしたら、キミの言う作戦は最良だろうな」

「ですね。普通ならば天井裏の情報なんてあったとしても、立て続けに侵入するなど到底不可能でしょうが、兄さんなら――」

「なにしろキミは王城に下水から忍び込んで、囚《とら》われの王女《トーコ》を助けた男だからな。それに比べれば、たかが一都市の司令官を連続して拉致する程度、楽勝もいいところだ」

「ですね。それに兄さんなら万が一見つかっても、目撃者全員殴り倒せば済みますし」

「そんなことしないよ⁉」

二人の反応の仕方はちょっと引っかかるけど、作戦自体には同意してくれたみたいだ。

「じゃあそれで――」

「……ご主人様」

「どうしたの？」

「カナデ、がんばって情報をしいれてくる。だから、とくべつ報酬がほしい」

まあカナデがそういうのも当然だろう。

今回の件はどう考えても、普通のメイドの業務内容を大きく超えている。

それに昨日、占領された都市の情報を持ってきてくれた分だってあるし。

「いいよ。なにが欲しいの？」

「……ご主人様と本気で戦いたい。てかげんぬきで。こころゆくまで」

そんなカナデの願いを聞いた瞬間。

「ほう――（チャキッ）」

「へえ――（ボキボキッ）」

ユズリハさんが殺気を揺らめかせながら鯉口《こいぐち》を切り、スズハは獰猛《どうもう》な笑みを浮かべつつ指の骨を鳴らした。

二人とも年下のメイド相手になにやってるのさ⁉

「ちょっと待って、二人ともステイ。ていうより、カナデもそんなものでいいのかな？ぼくはちゃんとした兵士でもない戦闘の素人《しろうと》だけど？」

「新しいご主人様は、とてもおもしろい冗談をいう」

「いや冗談じゃなくて……まあカナデがそれでいいならいいけど」

ぼくも素人だけど、カナデもメイドだ。

最初あったときは足さばきが暗殺者っぽくて驚いたけど、武芸は素人。

ならば、ちょうどいいのかも知れない。

ぼくがそう納得する横で、スズハとユズリハさんがぼそぼそと囁《ささや》き合っていた。

「……しかし兄さんの纏《まと》う絶対強者のオーラを感じ取れるとは、このメイド、ただ者ではありません……！」

「……だがスズハくんの兄上に戦いを挑むのは悪手だろう。一方的にボコボコにされて、プライドが粉砕されるまでボロボロにされて、自分がただのか弱いコムスメなのだという事実を、魂の奥底に叩《たた》き込まれるだけなのだぞ？　なにしろ、アマゾネスの頂点ですらもそうだったのだからな……！」

「……そういえばユズリハさんも最初、兄さんに戦いを挑んでましたよね……？」

「……そ、それは仕方ないだろう！　あんなに戦いがいのありそうないい男を見つけて、黙っていられるものか！　そして、あれほどまでに強すぎるなんて想像できるか……！」

「……兄さんって、言動とか雰囲気が強そうじゃないから、初見だとどうしても戦闘力を過小評価しちゃうんですよね。それでみんな叩きのめされるっていう……」

何を言ってるのかは聞こえなかったけど、二人の態度からなんとなく、ぼくの悪口を言ってるのは分かった。

＊

その後、街を出た平原で日が暮れるまでカナデと思う存分戦った。

カナデはなんというか、メイドとは思えないほど強かった。

どれくらい強いかっていうと、少し前までのスズハが相手だったなら、ひょっとしたら勝てるんじゃないかってくらい。

「……このっ……このっ……！」

「ていうか、メイドさんが主人と戦ったあとに忠誠を誓うみたいなのもさ、アレだよアレ、戦いで芽生えた友情みたいなのと一緒でいいかもねー、なんて思ったりして？」

「なんで……当たらない……くっ……！」

「ていうかカナデの針、毒塗ってあるじゃん。当たったら死ぬでしょ」

カナデの一番ヤバい攻撃は、すごく視認しにくい細い針。

それをもの凄いスピードで、的確に急所に向けて投げてくる。

それを避けながら、どこか覚えがあるなと思いだしたのが、以前彷徨える白髪吸血鬼《ホワイトヘアード・ヴァンパイア》の凱旋《がいせん》パーティーでユズリハさんが暗殺者に狙われた時のこと。あの時の針も、これくらい細くて鋭くてヤバかった。

そうすると、暗殺者くらい鋭い攻撃を繰り出してくるカナデはとても凄いメイドだって話なんだけど。

ふと見ると。

スズハとユズリハさんが、草原に座って野点《のだて》スタイルでお茶を飲みながら、ぼくたちの戦いを観戦していた。

「——とすると解説のユズリハさん。カナデの戦闘スタイルは基本的に、暗殺者のものということなのでしょうか……？」

「そういうことだな。メイドが護身や暗殺術を身につけているというのは、稀《まれ》にある話だ。もっとも、あそこまで戦闘力の高すぎるメイドなど聞いたことがないが……」

「ああっと。メイドのカナデ、針と見せかけてフェイントのジャンピングニー！」

「そしてダブル回し蹴りのコンボ……並の騎士程度なら、今の攻撃で三回即死だろうな。ジャンピングニーで胸に穴が開き、回し蹴りで頭と胴体が吹き飛ぶ」

「しかしカナデの攻撃も、兄さんにはまるで効いていません！　無防備のまま受けきって余裕の笑顔ですっ！」

「あれ、本気でココロが折れるんだ……ノーガード相手に全力の一撃を叩き込んだのに、まるで虫にでも刺されたかのような感じでノーダメージだと……ああああああああ」

「ユズリハさん？　解説中にヘコむのはナシですよ？」

……なんか楽しそうなので放っておくことにした。

そして結局、ぼくとカナデの戦いは、日が暮れるまで続いた。

ようやく満足したらしいカナデが目をキラキラさせて、

「まちがいない。――カナデのほんとうのご主人様、とうとう見つけた」

とかなんとか言いながら、まるでネコみたいにすり寄ってきたので頭を撫《な》でてやると、カナデがぼくの胸元に頭を擦り寄せて幸せそうに喉を鳴らした。

なんにせよ、楽しんでくれたみたいでよかった。

6（ウエンタス女大公視点）

ウエンタス公国の宮殿内。

公国トップであるアヤノ・フォン・ウエンタス女大公は、心穏やかな午後のひととき《おやつタイム》を過ごしていた。

「大公様。プリンもう一ついかがですか？」

「うーん、でもこれ以上食べると太っちゃうし……」

執務室の書類に囲まれながらプリンの誘惑に揺れているアヤノは、そうと知らなければどこにでもいる少女そのもの。

顔立ちはごく平凡。よく見るとそれなりに可愛《かわい》い。

胸は小さめ。スタイルは少し寸胴気味。下半身は安産型で脚はぶっとい。

最近、お腹《なか》のお肉がちょびっと摘《つ》まめるようになったのを密《ひそ》かに気にしている。

「それでは、紅茶のおかわりはいかがですか?」

「うん、そっちにする。ありがとう」

いかにも町娘っぽい風貌、立場が下の人間に対しても丁寧な言葉遣い。

そのアヤノが大陸を代表する大国であるウエンタス公国の頂点に君臨していることに、初めて謁見した人間はまず間違いなく驚く。

そしてその事実は、アヤノ自身にとってもコンプレックスであった。

(トーコとは同い年のはずなのに……もうオーラから顔からスタイルから魔力から全部、笑っちゃうくらいに敵《かな》わないんだもん……)

ウエンタス公国と隣国のドロッセルマイエル王国は基本的には敵対関係であるものの、四六時中ずっと緊張状態にあるわけではない。

時に仮初《かりそ》めの和平を結んだり、そこまでいかなくても捕虜の交換式や王族の冠婚葬祭の参列などで、隣国の王族と顔を合わせる機会はある。

——つい数年前のことだ。

勝てる見込みだったドロッセルマイエル王国との戦争が、たった一人の殺戮の戦女神《キリング・ゴッデス》と渾名《あだな》される少女によって逆に敗北し、軍上層部に粛清《しゅくせい》の嵐が吹いたとき。

厭戦《えんせん》派によって当時まだ公女だったアヤノを隣国の王子に嫁がせようと、送り込まれたことがある。

初めて出会ったドロッセルマイエル王国の王子二人は、アヤノを見るなり「なんだこの田舎娘は」とほざき、アヤノは「いや見た目がそうだっていう自覚はあるけど、目の前で言わなくても……！」とショックを受けたものだ。

けれどそれを、立ち直れないほど深くトラウマにしたのはその後で。

「——本当にごめんね？　ウチの兄どもってば、言ったらなんだけど頭がパーなんだよ。だから気にしないでくれると助かるかな？」

こう言って慰めてきた王女とその親友に、アヤノは今度こそ本気で打ちのめされた。

なにしろそこにいたトーコとユズリハはバカ王子二人とは違って、最上位貴族の支配者オーラがこれでもかっていうくらい出まくっていて。

顔立ちはまさに女神。

スタイルも完璧で、とくに脚は滅茶苦茶《めちゃくちゃ》長くて、胸は死ぬほど大きくて。

アヤノはどれだけ自分が肩書きだけの普通な女の子なのかということを、絶望するほど思い知らされたのだ――


「……大公様、ウエンタス大公様？　いかがなさいましたか？」

「ううん、なんでもない。ちょっと昔のことを思い出してぼけっとしてただけ」

あの二人がいるドロッセルマイエル王国を敵にしてたら、我が国はきっと終わりだと確信したアヤノは、それからとにかく頑張った。

幸いアヤノには、軍事と政略に才能があった。少なくともほかの貴族よりは。

アヤノは近衛師団《このえしだん》隊長になり、軍本部総長になって、父である大公や他の兄弟が次々と戦死していく中で、いつの間にか新しい女大公となった――


そして最近、隣国に仕掛けていた調略がついに実を結んだ。

王子派と王女派が真っ二つに割れたクーデター劇。

その隙に乗じて、他国からは戦争を仕掛けられたようにしか見えない風に戦争を始めたウエンタス公国は、ついに国境と隣接するローエングリン辺境伯領をまるまる支配するに至ったのだった。

(ローエングリン辺境伯領は、金山もダイヤ鉱山も、それどころかミスリル鉱山まである地下資源の宝庫……！　あの土地を手に入れることこそ、わたしたちウエンタス公国の、長年の悲願だった……！)

歴代のローエングリン辺境伯が、王家にまともな報告もせずに浪費しまくっていたからトーコ新女王などは知らないだろうが、敵対国として長年にわたり諜報《ちょうほう》活動を続けてきたウエンタス公国は、その価値を正確に把握している。

一見へんぴな田舎のローエングリン辺境伯領。

だがその実態は、ウエンタス公国全土と交換してもなお釣りが出るほどに価値がある、まさに宝物庫のような領土なのだ。

もちろんウエンタス公国の上級貴族はそのことを知っているから、現在ローエングリン辺境伯領を占領している司令官は全員が有力貴族の当主、もしくはその跡継ぎである。

アヤノとしては、ローエングリン辺境伯領という美味《おい》しすぎる果実をどうやって配下の貴族に切り分けていくか、贅沢《ぜいたく》な悩みに頭を痛めていたのだが……

「大公様！　大変です！」

血相を変えて執務室に飛び込んできた軍事大臣が、ウエンタス女大公の穏やかな時間の終焉《しゅうえん》を告げた。

「何事ですか、大臣」

「ロ、ローエングリン辺境伯領を占領していたはずの、都市司令官たちが——一人残らず行方不明となりました‼」

「…………え？」

軍事大臣のもたらした一報を、アヤノはすぐに理解することができなかった。

「それは一体、どういうことですか⁉」

「それが、なんと申しますか……わずか数日の間に、各都市にいた司令官のみが、まるで雲隠れしたかのように消え去ったという報告しか……！」

「大臣！　その情報、裏付けは取れているのですか⁉」

「現在、最速で確認している最中であります……！」

ひたすら平伏する大臣を意識の端に押しのけて、アヤノは必死で頭を回転させる。

——正直、都市司令部の一つや二つが破壊されるところまでは想定していた。

なにしろ敵国には殺戮の戦女神《キリング・ゴッデス》がいるのだから。

しかしウエンタス公国軍の抵抗は、ドロッセルマイエル王国側が想定しているよりも、遥《はる》かに苛烈で厄介なもののはずだ。

なぜなら、こちら側はローエングリン辺境伯領の正確な価値を知っており、あちら側は分かっていないのだから。

そして司令官は、もしも自分が負けたならばローエングリン辺境伯領での権益が何一つ回ってこないことを理解している有力貴族。いわば敗北は死と同義である。

たとえ私財をなげうってでも、死ぬ気で勝とうとするに決まっていた。

さらには敵国の殺戮の戦女神《キリング・ゴッデス》は情に厚い、貴族的な言い方をすれば甘い点があることもアヤノは知っていた。

敵兵を殲滅《せんめつ》することはできても、自領の平民を巻き込んで見境なく殺しまくれるようなタイプではない。

ゆえに都市が二つや三つ奪い返されたところで、あまりの被害の大きさに、それ以上は反撃を断念するはず——というのが、ウエンタス女大公としての読みだったのだ。

しかし。

(もしもそこまで理解していた敵国側が、司令官だけを狙い撃ちにしたのなら——!?)

顔を青ざめさせるアヤノの元に、さらなる凶報が舞い込んだ。

今度は外務大臣が、転がるような勢いで駆け込んできてこう告げたのだ。

「大公様！　新しいローエングリン辺境伯を名乗る者から、こんな書状が！」

ビンビンに嫌な予感がするアヤノが、ためらいつつも書状を受け取る。

予感は最悪の形で当たった。

その内容は、行方を消した司令官全員の身柄が、新しいローエングリン辺境伯によって確保されたこと。

そして辺境伯領からの全軍撤退と引き換えにして、司令官たちを無傷で引き渡すことが明記されていたのだ。

「こ、これは……！」

「いかがいたしましょう、大公様？」

「……見なかったふりは、できませんよね……？」

「間違いなく不可能でしょうな……」

外務大臣の言葉に、がっくり肩を落とすアヤノ。

なにしろ拉致された司令官たちは、揃《そろ》いも揃って有力貴族の当主や跡継ぎばかりで。

殺されてしまったならまだしも、こちらから見殺しにするにはできない。

いや、これが一人や二人ならまだ見殺しにできたかも知れないが、今回は余りにも数が多すぎた。

見殺しにすれば、有力貴族のほとんどを敵に回すことになるだろうから。

「こんなことなら、皆殺しにされるほうが余程マシですな……」

外務大臣の冷淡にも聞こえる言葉に、アヤノは内心同意せざるを得ない。

身も蓋もない話だが、敵の手にかかって戦死したなら権力の継承が起きる。

けれど囚《とら》われの身というのは非常に中途半端《ちゅうとはんぱ》で厄介だ。

もしも、これだけの数の当主を死んだことにして当主を交代させたとしても、その後に無傷で帰ってきたら内戦勃発待ったなしである。できるわけがない。

「……大公様、この提案どうされますか……？」

「待って、まだもう少しだけ待ってください！」

進退窮《きわ》まったかに見えるアヤノだが、一つだけ希望の光があった。

それは書状の相手が、新ローエングリン辺境伯だということだ。

アヤノは新しいローエングリン辺境伯のことをまだ辺境伯になる以前から調査しており、その結果かの殺戮の戦女神《キリング・ゴッデス》に比肩《ひけん》しうる危険人物であると判断して、大臣たちにも十分に警戒するよう促《うなが》していた。

そして、その危険人物がローエングリン辺境伯領新当主になるという情報を得たときに、独断で暗殺者を送り込んだと首席秘書官から報告を受けたのだ。

それも確実に暗殺を成功させたうえ、万が一にも事態が露見しないよう、大金を払ってウエンタス公国最大の暗殺者ギルドの中でも最強のエースを投入させたというのだ。

事後報告を受けた当時は、さすがに暗殺者まで送らなくてもと密《ひそ》かに眉を顰《ひそ》めたものの、今となっては暗殺成功を祈るしかない。

新ローエングリン辺境伯さえ斃《たお》れてくれれば、一発逆転する目はある……！

そう必死で念じるアヤノに、さらに追い打ちを掛ける報告が飛び込む。

「大公様っ！　暗殺者ギルドが壊滅しました！」

「ファッ⁉」

「ギルドの建物内にはギルド長や幹部を含めて、構成員が一人残らず斃されています！　そしてギルド長の机の上に、書き置きが一枚残されていたとのことです！」

アヤノが震える手で、残されていたという書き置きを受け取る。

そこにはいかにも子供っぽい字で、たった一行だけ記されていた。

『ほんとうのご主人様、みつけた。ぐっばい』

「な、ななな、なによこれ――――！」

「ふむ……これはもしや、ギルドの脱退状ですかな？　しかし暗殺者ギルドの脱退など、死にでもしない限り認められないはずですが」

「そんなこと分かってますっっ！」

そう。横から書き置きを覗《のぞ》き見した軍事大臣の言う通り、暗殺者ギルドからの脱退など普通は絶対に考えられない。

もしそれをしようとするなら、追っ手が掛かり殺される。それが常識だ。

それが嫌なら、それこそ元いたギルドの構成員を全員倒すしかない……！

「大公様あっ！」

「ああもう今度はなんですかっ⁉」

「アマゾネス一族の使者がやって来て、我が国に対して最後通牒《つうちょう》を突きつけました！

その内容は『ローエングリン辺境伯領をこのまま占領し続けるのならば、アマゾネス一族への宣戦布告と同義とみなす』とのことです！」

「なんでそうなるのよっっ⁉」

「最後通牒によりますと、『偉大なる新ローエングリン辺境伯はオーガの大樹海において大量発生した変種のオーガを殲滅し、アマゾネス一族のみならず大陸を救った兄様《ターレン》にして命の恩人に他ならぬ。――かの大英雄なくして現在の国家体制など存続し得なかったにもかかわらず、その恩を忘れ、あまつさえ兄様《ターレン》の領地をのうのうと占領し続ける厚顔無恥な蛮族どもを、我々はもはや話し合いのできる相手ではなく、徹底的に叩《たた》き潰すべき害虫と見なすものである』と!」

「なによそれえっっ――――!?」

なんでこんなことになったの、とアヤノは心の中で号泣しながら繰り返した。

――その理由は極めて単純。

結果的にではあるものの、そしてそれはアヤノの意図では全くないものの。

絶対にケンカを売ってはいけない相手に、ケンカを売ってしまったということである。

長年の宿願だったローエングリン辺境伯領の奪取がなされた後、隣国のトーコ新女王が

ローエングリン辺境伯家を新しくすげ替えてしまったことがすべての元凶。

全てをひっくり返しうる唯一にして絶対の策、まさに起死回生の一手を女王のトーコに

打たれてしまったのだ。

アヤノがウエンタス女大公としてすべきは、迅速にトーコと和平条約を結び、ローエン

グリン辺境伯領をたとえ一部でも割譲させることだった。

そうすればそもそも、新しいローエングリン辺境伯が誕生することもなかったはずだ。

まさか殺戮の戦女神《キリング・ゴッデス》など比較にもならない鬼駒が登場するなどと想定できるはずもなく、

ローエングリン辺境伯領全土の支配を狙った結果ゆるい戦争状態を継続したあげく全てを

失うことになったアヤノを無能大公と罵るのは、さすがに酷というものだろう。

それらの事情をアヤノが知って愕然《がくぜん》とするのは、もう少しだけ後のこと——

2章　ミスリル鉱山と白髪吸血鬼ふたたび

1

たとえお貴族様になっても、立派すぎる城の所有者になっても。

人間というものは、そうそう変われないもので。

「みんなー、ご飯ができたよ」

「「わあぃ」」

ローエングリン辺境伯家の本宅は、まさにお城だった。

それも半端《はんぱ》じゃない豪奢《ごうしゃ》なお城。

比喩じゃなく、もしかしたらトーコさんのいる王城より大きいかもしれない。

防衛のため切り立った崖の上に建てられたローエングリン城は、霧がかかった朝などはまさにお伽噺《とぎばなし》の舞台のような荘厳《そうごん》な雰囲気を醸《かも》し出す。

もちろん食堂だって滅茶苦茶《めちゃくちゃ》豪華で。

ピカピカに磨き上げられた一枚板の長いテーブルに、繊細な彫刻が施されている椅子がずらりと並び。

壁には歴代ローエングリン辺境伯の肖像画が並び、天井には立派すぎるフレスコ画まで描かれていた。多数の天使と悪魔が争っている、たぶん神話か何かであろうシーンが天井いっぱいに広がっている。

ぼくはみんなのご飯を持って、そんな貴族的すぎる食堂に入り。

豪奢な椅子の並ぶ立派なテーブル――をスルーして、食堂の隅に置かれたちゃぶ台へと向かった。

そこには、お箸を握りしめて待ち構えているスズハとユズリハさんが座り。

その後ろにはクールなメイドさんの体裁を保ちつつも、よだれが隠せていないカナデが立っていた。

「今日の晩ごはんはサバの味噌煮《みそに》だよ」

「「いただきます！」」

言うが早いかご飯にがっつくスズハとユズリハさん。

サバ味噌にはちゃぶ台がよく似合う。

「今日も兄さんの手料理は最高です！」

「まったく同感だ。それに、このちゃぶ台で食べるのもいい」

「そうですか？」

「ああ。キミとの距離がより近く感じられて、食事も美味《おい》しくなるというものだ」

「本当はちゃんとダイニングテーブルで食べるべきなんでしょうけど……ぼくがなんだか慣れなくて」

いや、ぼくだってお貴族様仕様のダイニングテーブルで食事をした経験くらいあるのだ。

ていうかユズリハさん宅で食事をいただくときは、いつもそうだったわけだし。

けれど実際に自分の家で食べる食事として、使い慣れているちゃぶ台から超豪華仕様のダイニングテーブルに移ってみると。

どうにもご飯が、味気なくて仕方なかったのだ。

多分アレだ。

ぼくの根っからの庶民根性が、お貴族様色に染まった自宅の食卓を拒否したのだろう。

「でもすみませんユズリハさん。ちゃんとしたテーブルが用意してあるのに、お貴族様をこんなちゃぶ台に座らせたりして」

「なにを言うんだキミ。わたしはキミの、心づくしのちゃぶ台手料理が大好きなんだぞ。

そ、それに……」

「それに？」

「ちゃぶ台だと、キミの顔がより間近に見られるし……ああいやなんでもない！」

いきなり顔を真っ赤にして首を振るユズリハさん。

一瞬、骨が喉に刺さったのかと思ったけれど、そうでもなさそうだ。

そしてこの状況で、ユズリハさんのほかに気にかかるのがもう一人。

「ねえカナデ。カナデもいっしょにご飯食べない？」

「……そんなことは許されない。カナデはメイド、メイドはご主人様たちと一緒にご飯を食べたりしない」

「主人のぼくが頼んでるんだけどなあ」

ずっとこうなのだ。

カナデはプロのメイドであって、そしてメイドは主人たちと一緒に食事をしないのは、なんでも常識なのだという。

最初はそれを聞いて、ぼくも尊重しようとした。

カナデは一人メシが好きなのかもしれないし、一応は主人のぼくと一緒に食事するのも気疲れするかとも思ったし。

でもねえ。

満面の笑みでぼくに話しかけながらご飯を頬張るスズハやユズリハさんを見たカナデが、

ほんの一瞬羨望《せんぼう》のまなざしになったり。

ぼくたちが食事を終えた後、一人でご飯を食べるカナデの背中が煤《すす》けてたり。

そういうシーンを何度も見ていると、メイドの決まりなんて無視してご飯を食べた方がいいんじゃないかって思ったのだ。

そして、ぼくの意図を読み取ったスズハとユズリハさんも、援護射撃をしてくれた。

「本当に兄さんの言うとおりですよ。そもそも、ほかほか出来たての兄さんの料理を前にがっつこうとしないなんて、本気で無礼千万です。そんなに欲しくないのなら、代わりにわたしが全部食べますが？」

「わたしもスズハくんの言うとおりだと思うぞ。それに普通ならメイドは給仕《きゅうじ》が仕事だが、スズハくんの兄上の食卓では給仕するものもないからな。ならば主人の望みを叶《かな》えるのもまたメイドの仕事だろう」

「……わかった。じゃあ、一緒に食べてもいい……？」

「もちろん！」

ぼくの言葉とともに、スズハとユズリハさんが茶碗《ちゃわん》と皿を持つ。

カナデの席を作るため、場所を空けようというのだ。しかし。

「動く必要はない」

「え……？　うわっ」

「「なっ⁉」」

カナデが近づいてきたかと思ったら、なんと、するっと流れるような動作でぼくの膝の上に滑り込んできたのだ。

「なっ、なにをしてるんですかカナデさん⁉　兄さんから離れなさい！」

「それは不可能。それにご主人様の命令をこなして、かつ二人のじゃまをしないためにはこうするのが一番」

「そうなんですかユズリハさん⁉」

「くっ……たしかにメイドが自分の食事のために、主人の家族を動かすなど言語道断だが、しかし……！」

「だからって兄さんの膝の上に座っていいはずがありませんよね⁉　あとユズリハさんは兄さんの家族じゃなくてお客様だと思いますよ！」

そう言うスズハとユズリハさんをガン無視して、カナデは膝の上に座りながら、ぼくに上目遣いで聞いてきた。

「カナデはここがいい。……だめ？」

寂しそうな目で聞かれては、断れるはずもなく。

「仕方ないなあ」

その日、ぼくの家で食卓に座る人数が一人増えた。

ぼくの膝の上で全身を脱力させるカナデは、にゃんこみたいで癒やされる。

ていうか、それくらいの癒やしがなければやってられなかった。

それくらい、ローエングリン辺境伯家の現状は悲惨極まるものだったのだ。

2

ある日、ぼくとユズリハさんがいつものように執務室で書類に埋もれていると、門番の兵士が来客を告げた。

「──商人？」

「はっ。辺境伯閣下とは以前、直接お目にかかったことがあると申しておりましたが……追い返しますか？」

「ううん、会うよ」

「では応接室にお通ししましょうか」

「悠長に応対してる余裕はないから、こっちの執務室に通してくれないかな？」

「かしこまりました！」

早足で出て行く兵士の背中を見送って、ぼくはこっそりため息をついた。

現状、はっきり言ってローエングリン辺境伯領はヤバい。

なにがヤバいかって、人材がまるっきり皆無なのだ。

兵士とかの軍事系はまだしもなんだけど、内政系の人材が枯渇《こかつ》しまくっている。

そして、そんな事態に陥った原因といえば。

「すまないキミ……わたしが、一族を根こそぎ粛清してしまったばかりに……」

机の向こうで書類に埋もれながらしゅんとしているユズリハさんが、前の辺境伯とその取り巻きたちを、容赦なく叩《たた》き潰してくれちゃったからである。

なんでも前のローエングリン辺境伯は長年にわたって巧妙に不正をして蓄財し、主要な役職を一族で独占して、クーデターの大きな財源にもなったのだという。

しかもそのことを追及されると、開き直って一切の調査を拒否、王家とユズリハさんに完全に反旗を翻《ひるがえ》して。

その結果、ユズリハさんの手によって一族郎党粛清された。

それから今まではローエングリン辺境伯領がウエンタス公国軍に占領されていたために

問題は表面化しなかったのだけれど、敵軍が撤退した後ぼくがローエングリン辺境伯領を統治することになった現在、非常に困る事態が浮き彫りとなった。

　領地を管理する文官がまるでいないのだ。

「たしかに人は足りませんけど、でもそんなのはユズリハさんのせいじゃありませんよ。ぼくだって不正蓄財ばかりしていた責任者とかその子飼いが残っていても、大事な仕事を任せたくなんてありませんし」

「ううっ……しかしこの膨大な書類の山を押しつけられるだけでも、生かしておく価値があったかもしれない……」

「いやいやいや。書類をなくされたりとか勝手に捏造《ねつぞう》されたりとか、ロクに中身も読まずサインされたりしても困りますからね？」

　ぼくがペンを動かしながらもユズリハさんを慰めていると、先ほどの兵士がお客さんを連れて戻ってきた。

　そこにいたのは、たしかに見覚えのある顔で。

「えっと、アクセサリーショップの店員さん……？」

「お久しぶりでございますな」

　いつかスズハの誕生日プレゼントを買うために、ユズリハさんに連れて行ってもらったアクセサリーショップの店員さんがそこにいた。

その後ろにはお弟子さんだろうか、フードを目深《まぶか》に被《かぶ》った若者も連れている。

ぼくが何度か会っただけのこの店員さんのことをはっきり覚えているのは、なかなかに濃ゆいキャラだったからで。

なにしろこの店員さんは。

見た目はきちんとした老紳士なのに、やたらとツインテールを推してくるのだ。

「今日はどうしてこちらに？　商用ですか？」

「なに、お客様が辺境伯になられて領土を取り戻したと聞きましたのでな。ならばワシもこちらで商売しようと考えまして、まずはご挨拶に伺ったのですよ」

「それはそれは」

優秀な商人である条件は、機を見るに敏であることと言われている。

目の前にいるツインテールマニアの老紳士が商人として優秀なのかどうかはともかく、ウチの領地が商人にとって魅力があると認識されれば嬉《うれ》しいことだ。

商人には、商人同士のネットワークがある。

ならばツインテールマニアの店員さんには王都にいる商人のみなさまに、ぜひとも我がローエングリン辺境伯領の魅力を広めていただきたいと思う。

「そういうことなら、ぼくもきちんとご挨拶したいんですが。すみませんが、今ちょっと椅子から立ち上がれない状況でして」

「いやいや、お気になさらずとも結構ですぞ。ワシとて商人の端くれ、辺境伯殿が書類に埋もれなくてはならぬ事情はよく理解しておりますゆえ」

「それもあるんですが……そうだ、ちょっと机のこちら側に来てもらえますか？」

ちょっとした悪戯心《いたずらごころ》が芽生えたぼくは、事情を説明する代わりに店員さんをこちら側に手招きした。

「ふぉっふぉっふぉっ、いかがなされたのですかな――ッッ!?」

執務机のこちら側まで近寄った店員さんは、ぼくの膝の上にあるものを認識した瞬間、跳び上がらんばかりに驚いた。

ドッキリ成功。

そう。現在ぼくの膝には褐色銀髪ロリ爆乳ツインテールメイドであるカナデが、まるでネコみたいに身体《からだ》を丸めて午睡《おひるね》していたのだ。

ツインテールマニアの店員さんは、ぼくの予想を遥《はる》かに超えてびっくりしたようだ。

「こ、こここ、この娘はっ……!?」

「この子は現在、ローエングリン辺境伯家で現在唯一のメイドですよ。今はぼくの膝上で寝ていますけど、これでも優秀なメイドなんですよ？　とくに掃除はすごく得意で」

「………確かに、掃除は得意中の得意でしょうな………」

「そうなんですよ。こんなに広いお城なのに、午前中にはもう掃除を終わらせるんだから本当に優秀ですよね」

なぜか額に脂汗をかく店員さん。しかも全身がワナワナと震えている。

その様子はあたかも、目の前にいきなり伝説の暗殺者が現れたかのような大げさなもの。

けれどぼくの膝にいるのはもちろん、伝説の暗殺者なんかではない。

ただの褐色銀髪ロリ爆乳ツインテールメイドでしかないわけで。

つまりそれだけ、店員さんがツインテールを好きということなのだろう。

「どうですか？　銀髪ツインテールは別にしても、こうしてネコみたいに丸まってる姿がすごく可愛《かわい》いでしょう？」

「そ、そうですな……今にも心臓が止まりそうなほどに……！」

「あはは、それはいくらなんでも大げさですよ」

「大げさではありませぬ……その人食い虎、いや女豹《めひょう》を平然と手懐《てなず》けるとは……改めて心底感服いたしましたぞ……！」

言葉だけ聞くと冗談だけど、店員さんの口調も表情もガチだった。

どうやらぼくは、ツインテールメイドのおかげで謎の高評価を獲得したみたいだ。

＊

その後もしばらく目を白黒させていた店員さんだけど、ようやく落ち着きを取り戻してコホンと咳払《せきばら》いすること一つ。

「ま、まあ、そのメイドのことはともかく……こちらでの生活はいかがですかな？」

「見ての通り、書類に埋もれる毎日です」

店員さんに人手不足の現状を説明すると、今度は驚くこともなく、さもありなんという顔で頷《うなず》いていた。

「それは大変お困りでしょうな」

「そうなんです。なにしろぼくにはツテがありませんし、ユズリハさんのツテで紹介してもらうにしても、ここは辺境ですからなかなか難しいですし。——だからといって地元で探そうにも、この土地では以前からの辺境伯の悪習が蔓延《まんえん》しているみたいなので、それを持ち込まれたら堪《たま》らないですしね」

「全くですな」

「どこかにいい人材はいませんかねえ？」

商人のネットワークで、誰かいい人を紹介してくれないだろうか――

そんな、ユルい期待で聞いてみると。

「おりますぞ。というより今日は、そのこともあって訪問したのです」

「おおおっ⁉」

「アヤノ殿。こちらへ」

店員さんが声をかけると、お弟子さんだと思われていたフードを目深に被った若者が、
スッと一歩前へ出た。

「これ、顔を見せてご挨拶しなさい」

「……辺境伯閣下。アヤノと申します」

フードを取ったアヤノさんの顔は中性的で、よく見れば整っているけれど華がない。

いわゆるモブ顔というやつだ。

つまりぼくと同じである。

「アヤノ殿は、ワシに多大な借金をしておりましてな。その返済をせねばならぬのですが
――どうでしょう、ローエングリン辺境伯領で使ってみませぬか？」

「え？　いいんですか？」

「無論。こう見えてもアヤノ殿は、内政や統治に関して知識も経験も大変豊富な、いわばプロフェッショナルですぞ。きっとお役に立てましょう」

ということはアヤノさん、以前もどこかの文官だったたか、それとも貴族だったけれども実家が没落したとかなのかな……？

アヤノさんの過去は、なんだか不幸な臭《にお》いがするけど。

ぼくにとっては、ありがたいことこの上ない。

「無論、タダというわけにはいきませんが。……このくらいでいかがですかな？」

そういって示された金額も、まあお高いものの許容範囲内で。

それに、アヤノさんが店員さんの言うとおりの実力ならむしろ安いはずだ。

ふむ――

「ユズリハさん、ユズリハさん」

「どうしたキミ？」

「ユズリハさんは今の話、どう思います？」

ぼくは今まで黙っていたユズリハさんに話を振った。

ぼくと店員さんの挨拶なので、とくに面識のなかったユズリハさんは黙って書類仕事を続けていたけれど、横で話は聞いていたはずだ。

そしてユズリハさんは書類仕事に対する適性はともかく、高級文官を雇う条件や待遇はぼくよりよほど詳しいはず。だって公爵令嬢だもの。

ならば今の話を聞いて、ユズリハさんならどう判断するか——

ぼくが聞くと、ユズリハさんは一つ大きく頷いた。

「わたしはいい話だと思うぞ」

「ユズリハさんもそう思います？」

「ああ。なにしろこの商人は、王都の貴族街に出入りする人間だからな。とすればキミに粗悪品を掴《つか》ませれば、貴族街のアクセサリーショップに絡《から》む連中はみんな、キミに喧嘩《けんか》を売ったことになるわけだ。そんなことをする理由なんてないし、その点でも今回の取引は信用できるだろう」

「……そうなんですか？」

「ああ。しかもこの商人が要求したのは相当強気な報酬だった。——つまりアヤノ殿は、間違いなく極めて優秀なのさ。でなければキミ相手にふっかけられるはずもない」

「そんなことはないと思いますが……？」

「商人を舐《な》めちゃいけない。貴族相手の商売なんてものは、まず信用が第一なんだからな。今のキミを騙《だま》したなんてことがばれたら、その商人は簀巻《すま》きにされるぞ？」

「いいや、間違いなくだ。これが落ち目の貴族や、嫌われ者ならまた別だろうが――今のローエングリン辺境伯に喧嘩を売るなぞ、王家やサクラギ公爵家を相手にするよりよほど最悪だろう。なにしろキミを敵に回した瞬間に、キミだけでなく王家やサクラギ公爵家、キミに心酔する軍最高幹部までまとめて敵対するんだから」

「んなバカな」

「ええ……？」

「となれば当然、少しでも頭の回る貴族もこぞって追従する。そして、わたしが根こそぎ粛清した結果、現在この国に愚か者の貴族はいない。――結果、キミの敵だと認定された商人は、永久に貴族相手の商売ができなくなるんだ。たとえキミがどう思おうと」

冗談ですよね、という目で見ると。

アクセサリーショップの店員さんは、当然とばかりに頷いた。

「もちろん、その程度の覚悟はできておりますぞ。……もっとも、リスクが大きいほどにリターンもまた大きい。だからこそアヤノ殿をお預けしようとした次第で」

「……ありがとうございます」

ユズリハさんと店員さんの言っていることの是非はともかく。

いずれにせよ人手不足の現状で、選択の余地があるはずもないわけで。

ぼくはアヤノさんを雇い入れることに決めたのだった。

＊

――これは余談なのだけれど。

その後、ぼくが個人的にアヤノさんを雇えてよかったと感じたどうでもいい理由が一つ。

それはアヤノさんが、いわゆるモブ顔であること。

言っちゃなんだけどウチは、妹のスズハを始め客人のユズリハさんもメイドのカナデも、びっくりするほどの美少女揃《ぞろ》い。しかもみんなスタイルが抜群すぎる。

一人だけ平凡顔のぼくは、なんとなく肩身が狭かったのだ。

その点アヤノさんはよくよく見れば整った容貌ながらも、顔の個々のパーツが主張することなく、きちんとモブ顔の範囲に収まっている。

大変素晴らしいことじゃあるまいか。

「アヤノさんアヤノさん」

「……なんですか？」

「アヤノさんがウチに来てくれて、本当に良かったよ！」

「……なぜ閣下は、わたしの顔をみながら言うのですか……？」

「いやあ。ぼくと同じモブ顔男子だから、つい親近感が湧いちゃって」

「……詳しく説明できないのですが現在大変腹立たしいので、閣下を一発殴りとばしてもよろしいでしょうか？」

「ダメだよ⁉」

顔のことは触れられたくないのか、交流に失敗してしまった。ぼくも一緒なのになあ。

とはいえモブ顔男子どうし、これから親交を深めていきたいと思う。

3

アヤノさんがやってきて半月ほどが過ぎた。

さすがプロの商人が推薦してきただけあって、アヤノさんの仕事ぶりは凄《すさ》まじい。

机が見えないほど積まれていた書類の山がみるみる内に減っていく上、判断も正確だし細かいところもポイントを押さえてフォローしてくれるしで、ぼくやユズリハさんなんか比較にならない。

文官の中でも、アヤノさんは間違いなくトップクラスだろう。

「……これが、世に言うチートってやつか……！」

あまりの衝撃にボソッと口を滑らせたら、アヤノさんになぜかジト目で睨《にら》まれた。

「はっ。世界最強チート軍団のチート世界代表が、なに言ってるんですか」

「わけの分からない言いがかりで詰《なじ》られた⁉」

「はいはい。妄言とかいいですから、そこのチェック完了箱に入れた書類に目を通して、ばしばしサインしてくださいねー」

ところで、アヤノさんが来る前にはぼくと一緒に書類に埋もれていたユズリハさんは、最近執務室にいない。

アヤノさんの活躍ぶりに、もはや執務室にいてもいなくても一緒だろうということで、スズハとともに外回りに出ているのだ。

ユズリハさん曰《いわ》く、人には適材適所があるということで。

「――わたしがキミの代わりに、バッチリと街の有力者どもを締め上げておくからな！ついでに辺境伯領の新兵も募集して、わたし直々に鍛え抜いておこう」

「別に締め上げなくてもいいですよ⁉」

「なにを言うんだキミ、こういうのは最初が肝心なんだ。領主の威厳というものを存分に見せつけておかないと、領主側の命令を無視するようになるからな。それにわたしたちが書類漬けだった間は、スズハくんが動いてくれたようだし。なあスズハくん？」

「はい。とくに新兵たちは将来的にアマゾネス軍団に匹敵する精鋭たちに鍛え上げるべく、わたしが毎日特訓を施しています。……決して、兄さんに相手をしてもらえる時間がない腹いせに、新兵たちを叩《たた》きのめしまくっているわけではありませんからね？」

「ほ、ほどほどにね……」

そんなスズハとユズリハさんが鍛え上げた辺境伯領兵たちは、本当にアマゾネス軍団と並ぶ世界最強軍団として名を馳《は》せることになるのだけれど、それはずっと後の話。

そして最後の一人、メイドのカナデは、たった一人のメイドとして城内を切り盛りしてくれている。

食事だけはスズハやユズリハさんの強い要望でぼくが作っているけれど、広大なお城の清掃をたった一人でやってくれるなんてそれだけで優秀すぎる。

さすが貴族のメイドは違うと感心することしきりだ。

「でもカナデ、こんなに広いと掃除するの大変じゃない？」

「へいき。カナデは強いから、どんなそうじもワンパンで解決」

「……それならいいんだけど、よろしくね？」

「まーかせて」

そんな頼りになるメイドのカナデを最近悩ませているのは、一匹のネコらしく。

「……くんくん」

「どうしたの、カナデ？」

「どこにいるか分からないけど、においがする」

「臭い？」

「そう。しかも、カナデの優秀なメイドのカンが語りかけてくる……これは間違いなく、泥棒猫のにおい……！」

「泥棒猫ねえ。でも食材が無くなってた記憶はないけど？」

「うんにゃ。そんなチャチなものじゃ断じてない……ヤツは大変なものをぬすんでいく、そんなけはいがビンビンする……！」

そう言って姿も見えないネコを気にしているカナデは、年相応のあどけない姿で。

スズハの下にもう一人の妹ができたみたいで、なんだかほっこりするのだった。

＊

時間に余裕が生まれると、いろいろ見回したり考えたりできるようになる。

そうして出てきた結論。

「ねえアヤノさん。どこがおかしいんだと思う？」

ぼくの質問に手を止めたアヤノさんが、すぐに理解したとばかりに問い返してくる。

「失礼ですが、どこでそう思われましたか？」

「どこでもなにも。この書類の数字の収入で維持していくには、このお城ってあまりにも立派すぎるんだよねえ？」

どこがこの辺境伯領の主な収入源なのか。

ずっとそう考えながら書類をさばいてきたけれど、そんなものは一つもなかった。

言うまでもないけれど、立派な建物の維持費というものはこれまた立派にかかるものだ。

そして上がってきている収入じゃ、そんなのものはとても維持できない。

カナデみたいに優秀なメイドがいても。

けれどこのローエングリン城は、維持に手を抜かれた様子もない。

ならば答えは一つしかない。

「──つまり、どこかが嘘《うそ》の報告をあげていると思うんだ」

ぼくの話を聞き終えるとアヤノさんが同意して、

「ちなみに現在、どこが怪しいか閣下にお考えはありますか？」

「鉱山かなあ？　とくにミスリル鉱山が怪しい」

「その理由はなんでしょうか？」

「だって採掘量と維持費のバランスがおかしいと思うんだ。まるで維持費はそのままで、採掘量だけケタ一つ削ったみたいな感じがする」

「なるほど。わたしも噂《うわさ》に聞いていた辺境伯領の状況とはまるで違っていて、おかしいと首をひねっていました」

「そうだったんだ……」

「閣下にご注進差し上げなかったこと、深くお詫《わ》びいたします」

「とんでもない。アヤノさんにはいつも感謝しているよ」

注意深く観察すれば、アヤノさんが寄越す書類に偏りがあるのは分かった。

だからやっぱり鉱山が怪しいと、狙いをつけることができたのだ。

それに仕事を始めたばかりのアヤノさんでは、いくら何でも不正疑惑を口にすることは立場的に難しいだろう。

相手が頑迷な領主なら、それこそ内部分裂をもくろむスパイだなんて疑われかねない。

「というわけで、ぼくはスズハやユズリハさんとミスリル鉱山の視察に行ってくるから。申し訳ないけど書類よろしくね」

「……はい？」

「うん、言いたいことは分かる。ボーナスははずむから」

「それ以前の問題です。僭越《せんえつ》ですが閣下、自分で言うのもなんですがわたしはどこの馬の骨ともしれない新参者ですよ？　それわたしを城に置いていって、何か問題が起こるとは思わないのですか？」

「思わないよ。ぼくはこれでも、少しは人を見る目があるつもりだし」

アヤノさんには悪いと思うけれど、ミスリル鉱山はこのまま放っておけばロクなことにならないだろう。

ならばとっとと視察に出かけるに限る。

勘違いはしないでほしい。

決して書類仕事が嫌になったから、視察にかこつけて書類からバックレるわけではない。

4（トーコ視点）

サクラギ公爵家でかわされる密談。

それは大抵の場合、内政や外交、金融、陰謀論や世界情勢などの高度に政治的な内容で占められていると考えてよい。

けれどその夜、話題になったのはそのどれでもなかった。

「……なに？　ローエングリン辺境伯領に送る鮨《すし》職人を迷っているだと？」

「うん。あとネタそのものもね、どうしようかなーと思ってさ」

真剣な顔で相談するトーコに、サクラギ公爵家当主が一言で答えた。

「アホか貴様は」

「アホじゃないよ⁉　いや、端《はた》から見るとすっごいアホっぽいなーって自覚はあるけど、ボクは滅茶苦茶《めちゃくちゃ》真剣なんだから！」

「どうしてそうなる？」

「だってさ！　すごい腕のいい職人送り込んで気に入られたとしたら、それってつまり、スズハ兄の胃袋を摑《つか》んじゃうってことでしょ？」

「まあそうなるな」

「それでさ。ボクね、ふと気づいたんだよ」

「なにをだ」

「――それって、世界征服の最短ルートなんじゃないかなって」

「なに……？」

なにをバカなことを——そう公爵が言い返すことはできなかった。

「……そう言われてみれば、理論上は起こり得るのか……？」しかしそんなバカなことが現実に起こるとは思えんが……。

「普通なら絶対あり得ないよ？　でも、スズハ兄って才能ある職人さんへのリスペクトが凄《すご》いじゃない？　普通の貴族みたいに、料理人を下に見るなんてこと絶対しないし」

「むしろ潜在的に、貴族よりも腕の良い料理人の方が上だと思っているタイプだろうな。さすがに口には出さないだろうが」

「だよねー。でさ、ここからが問題なんだけど」

トーコがあくまで真面目な顔で、

「スズハ兄の性格として、いっつも自分のために美味《おい》しいお鮨を握ってくれる職人さんに、恩返ししたいとか思わないかな？　それも結構頻繁に」

「……鮨職人は鮨を握ることが仕事ではないのか……？」

「もちろんボクたちならそうだけどさ。ほら、スズハ兄っていい人だから」

「ううむ……」

公爵としては、いい人という一言で語れるほどスズハの兄は単純ではないと思う。

だが確かに、性格がまともでかつ腕の良い料理人が雇われたとして、時間を経るにつれスズハの兄から身内同然の扱いを受けるようになる、というのはいかにもありそうな話だ。

なにしろ貴族は身分関係を当然のものとして受け入れて一線を引くことに慣れているが、ほとんどの庶民はそうではない。

そして公爵の見る限り、その凄《すさ》まじいまでの能力は別として、スズハの兄の人となりは完膚《かんぷ》なきまでに庶民なのだから。

「それは確かに……一考の余地があるな」

「でしょ⁉　しかもさ、ドラゴンとかロック鳥とか強力な魔物ってお肉も超美味しいけどそんなのバンバン狩ってこられたらどうするのさ⁉　今ある国家間のパワーバランスとかあっという間に崩壊するよ？」

「ふむ……？」

「だって国家間のパワーバランスなんていうものは、どこの国はどの魔物に対処するのに手一杯だから戦争が仕掛けられないとか、そんな微妙な部分で成り立っているんだから。公爵だって分かるでしょ？」

「それは分かるのだが……しかしドラゴンだのロック鳥だのは魚ではないぞ？」

「そこなの⁉　ていうか最近は肉鮨って言ってね、お鮨やさんでお肉も握るんだよ？」

「それは邪道ではないか……！」

ちょっと本気で憮然《ぶぜん》としている公爵の様子を見て、トーコはサクラギ公爵家当主が鮨に関して原理主義者だということを知った。

すごくどうでもいい情報だった。

「まあそんなわけで、ボクもこうして悩んでるわけ。ヘタな職人を送ったら世界征服……までは大げさにしても、国家間のパワーバランスが壊れる恐れが大いにあるし、と言ってスズハ兄との約束を反故《ほご》にするわけにもいかないしねー。それこそ、女王としての信頼が揺らいじゃうもん」

「どうするつもりだ？」

「真剣に悩み中。——いっそのこと、ボクが鮨職人のフリして行こうかとすら思ったよ。王都に影武者の女王とか置いてさ。まあさすがに無理がありすぎるからボツったけど！」

トーコが口にした影武者という単語に、公爵の記憶が反応する。

「そういえば、つい最近売り込まれた噂にそんなものがあったな」

「へ？　何それ」

「曰く、今のウエンタス女大公は影武者。そして、大公本人は行方不明だということだ。だが根拠はひどく曖昧で話にもならん」

「ふうん……でもそれって、確かにあり得る話かも？」

「そう思うか？」

「だって大公のアヤノってば天才だもん。だから、スズハ兄の登場を目《ま》の当たりにして、このままじゃウエンタス公国は遠からずウチに負けるって気づいたら、一発逆転のために影武者置いて諸国放浪くらいしてもおかしくないってボクは思うな」

「そうか。あり得るか……」

「まあ実際にはあり得ないと思うけどねー」

トーコがそう言って苦笑する。

「あそこも先代とかお家争いで国がアレだったから、大公のアヤノが豪腕で色々ねじ伏せまくってたみたいだしね。でもってウチとの戦争もいい感じで進んでたのに、スズハ兄が全部ひっくり返しちゃったから、現状を理解できないバカの突き上げが凄いはずなんだよ。なのに影武者置いて本人が行方をくらましたら、それこそ反乱だって起きかねないかも。まあ、クーデターで幽閉されたボクが言うセリフじゃないけどさ！」

「なるほど……そう言われれば無さそうか」

「だと思うよ。いくらアヤノが優秀でも、一歩間違えれば反乱だからね」

「ではもしも本当に影武者だったとしたら、本物のウエンタス女大公はどう動く？」

公爵の問いに、トーコが考えることしばし。

「そりゃ最善手は、スズハ兄の元に転がり込むことでしょ。鮨職人のフリでもしてね」

「そんな裏事情、女大公に分かるわけがなかろう」

「言ってみただけだよ。……でも、もしそうなったら大ピンチだよねー。いきなり敵国にウチの国の最後の切り札取られるとか！」

「……ふん。笑い話にもならん」

そのとき二人とも、なぜか悪寒《おかん》を感じたけれど、その理由が判明するのは後の話。

*

「──それで今日お前は、鮨の話をするために来たのか？」

聞かれたトーコは、そこだけ聞くと間抜けだなと思いながらかぶりを振った。

「まあそれも重要なんだけど、もう一つ話があるかな。例のミスリルの件なんだけど」

「ほう」

疑惑の発端はローエングリン辺境伯、つまりはスズハの兄が、己の領地を占領していたウエンタス公国の司令官たちを纏《まと》めて拉致した時点に遡る。

そこではじめて分かったのだが、ウエンタス公国の司令官がやたらとミスリルの武器や防具を身につけていたのだ。

スズハの兄などは「さすが指揮官」などと言って素直に感心していたけれど、その横で首をひねったのはユズリハで。

公爵令嬢にして軍歴も長いユズリハは、ミスリル製の武具が安くないことを知っている。

たとえ中小でも、歴史ある貴族の家宝というならともかく。

たかが前線の司令官ごときが、ぽんぽん身につけられるものでは決してないはずなのだ。

だからユズリハは女王のトーコに手紙で報告し、受け取ったトーコはミスリルの出所を調査させていた。

敵国でミスリルの武具が手軽に流通しているという事態は、脅威でしかないのだから。

そして。

「結論から言うとね。ウチの国のどこかに、ミスリルの隠し鉱山があると思われるんだ。それも相当大規模なヤツ」

「……最近見つかったのか？」

「違うと思う。ボクが王女として見てきた限り、この国でそんな様子はなかったもん」

「ではずっと昔から隠れて採掘されて、しかもミスリルをずっと昔からウエンタス公国に売られていたと？」

「採掘はその通りだけど、ミスリルが大規模に売られたのは最近じゃないかなって思う。でなけりゃいっくらユズリハが美少女最強女騎士でもさ、ミスリル装備バンバンの相手にウチの国のへっぽこ軍隊が勝ち続けられるわけないじゃん？」

「……なるほど……」

腕を組んで考えることしばし。公爵は一つの結論に至った。

「つまり相場を破壊するほどの安売りをしてでもミスリルを大量に売りまくったことで、クーデターの資金を得たか」

「そーゆーこと。どっちの王子の派閥かも分からないけどねー」

「目星はついていないのか？」

「無茶言わないでよ」

トーコがお手上げとばかりに肩をすくめて、

「クーデターでボクに反逆した罪で磨《す》り潰《つぶ》された貴族なんて、貴族全体のどれだけいたと思ってるのさ？　容疑の対象があまりに多すぎるんだよ。しかも、ユズリハがスズハ兄に良いところ見せたくて貴族どもを必要以上にケチョンケチョンに叩《たた》き潰しまくったせいで、証拠どころか存在ごと抹消された家ばっかりだし」

「……むう……」

「まあでも、そう考えたら何重の意味でも、スズハ兄はウチの国を救った英雄だよね！ どこのパーだか知らないけれど、あんなに敵国にミスリル横流ししてたんなら、どっちが内戦で勝っても数年以内にウチの国ごと滅ぼされてたよ。そんなことも分からないくらいパーなんだろうけど！」

「全くだな。あの男には、大いに感謝している」

——それは紛れもなく二人の本心だった。

最上位貴族として生を受けて、それにふさわしい教育を受けてきた二人は、国を愛する気持ちは人一倍強い。

それこそ、国家存続のためならば自分の命すら差し出していいと思うほどに。

だから国を救った英雄である一人の青年に対しては、ただ純粋に、例えようもないほど感謝をしているのだ。

とはいえ端から全くそう見えないのは、それはそれとして、なんとかして自分の身内に取り込めないかと二人が画策しているからであろう——

「しかし、ミスリルが大量に採掘されるとなると、ちと気になるな」

「なにが？」

「『魔物は強力になればなるほど魔法銀《ミスリル》を好む』――聞いたことはないか？」

　公爵の言葉に、トーコが心底嫌そうな顔をする。

「やめてよ縁起でもない。そんなのただの、根拠のない言い伝えでしょ？」

「だとは思うがな」

「それにそーゆー採掘場って、祭壇だのがきちんとあって、そこに捧《ささ》げ物を供えて厄除《やくよ》けしてるんじゃないの？」

「普通はそうだろう。だがミスリル相場を破壊するまで売り尽くす阿呆《あほう》に、そんな知恵も余裕もあるとは思えんがな」

「……まさか、ね……」

「…………」

「…………」

　トーコの額に冷や汗が浮かぶ。

　王立最強騎士女学園の理事長でもあったトーコは知っている。

　その言い伝えには、もう一つのバリエーションがあることを。

『魔物は白ければ白いほど、魔法銀《ミスリル》を好む――』

その二つの条件の頂点に立つ魔物の姿が脳裏に浮かんで。

トーコが冗談でしょと言わんばかりに、ぶるりと身体《からだ》を震わせた。

5

最初はぼく一人でミスリル鉱山に出かけるつもりだった。

けれど、話を聞いたユズリハさんが自分も行くと強硬に主張したのだった。

「でもユズリハさん、地図を見るとこのミスリル鉱山って、ものすごい山の中ですよ？

さすがにそこまで行かせるわけには」

「わたしが勝手について行くのだから、そんなことは気にしなくていい。それにサクラギ公爵家の所領にもミスリル鉱山はあったからな。わたしがいればなにかと役に立つはずだ
――決して、相棒たるキミとひとときも離れたくなくてついて行くわけではないのだから、そのあたり誤解しないように」

「そんな誤解はしませんけどね……」

「兄さん。わたしも一緒について行きます」

「スズハも？」

「スズハくんまで来てもらう必要はないだろう。わたしたちで上手《うま》くやっておくから城で待っていればいい」

「いいえ、絶対について行きます。──知っていますか兄さん？　とある地方の風習では、神聖な金属であるミスリルの産地に男女が二人きりで赴くことは最上級の愛の告白であり　むしろ新婚旅行そのものとすら捉えられるそうですね？　確か、サクラギ公爵家の祖先はその地方の出身だとか──」

「そそそそんな風習聞いたこともなかったなぁ⁉」

「というわけで、わたしも行きますので。ユズリハさんも異論はありませんね？」

「…………ない…………」

　というわけで、ぼくとユズリハさん、それにスズハの三人で、ミスリル鉱山の視察へと向かうことになった。

＊

結論から言えば、ユズリハさんに一緒に来てもらって助かった。

というのも、なぜか貴族にさせられたものの、ぼくは本来庶民なわけで。

何が言いたいかというと、とても辺境伯の風格など持ち合わせていない。

そんなぼくが突然ミスリル鉱山に現れ、抜き打ちで視察に来たから責任者を出せなんて言った日にはどうなるか？

答え。妄想癖のあるアホの子が迷い込んだと思われる。

実際そうなりかけた。

そこでユズリハさんの登場である。

「──ほう。貴様のどの口が、自分の領主をニセモノだなどと決めつける？」

「…………!?」

「不敬罪だな。即決死刑でも文句は言えんぞ？」

そう言いながらユズリハさんが前に出る。

今更だけれど、ユズリハさんはこの国で知らぬもののいない超有名人だ。

天使さながらの美貌、女神のごときスタイル、そして死神そのものの戦闘能力をあわせ持つユズリハさん。

そのどれもが、とても一般人に真似《まね》できるものではない。決して。

つまりオーラが全然違う。

「し、失礼しましたあああっっ‼」

当然のごとくユズリハさんは一瞬で本物と認定されて、無事ぼくたちは責任者のもとへ案内された。

鉱山に似つかわしくない豪奢《ごうしゃ》な部屋にいたのは鉱山長と副鉱山長。

二人とも似たような見た目の、いかにもいかついおっさんだった。

背が高くて筋肉ぶくれを自慢するようなスタイル。

禿頭《とくとう》が光って人相が悪い。

一瞬どこの山賊の頭領かと思ったのは秘密だ。

「……ほう？　あんたが、新しい辺境伯だぁ……？」

「そんでそっちがあの殺戮の戦女神《キリング・ゴッデス》サマだぁ？」

うわぁ、というのがぼくの率直な感想。

思わずスズハとユズリハさんの前に出て、二人の視線を遮ってしまったほどだ。

ぼくはいい。

スズハもまあ百歩譲って仕方ないかもしれない。

でも生粋の大貴族であるユズリハさんを、まるで高級娼婦《しょうふ》が現れたみたいな嫌らしい目でジロジロ睨《ね》めつけるのはダメだからホントに。

もしこの場面を、あの親バカの公爵が見ていたならば、速攻で二人とも鉱山の奥深くに埋められていたに違いない。

「ユズリハさん、本当にすみません……あれ？」

ぼくと一緒にきたばっかりに、不快で下品な視線を浴びることになったユズリハさんはさぞかし憤慨していることだろう——

そう思いながら振り返ると、ユズリハさんはなぜか大層ご機嫌な様子だった。

ていうか真面目な顔を頑張って作ろうとしているんだけど、どうにも口元のニヤつきは隠せないような感じ。

「ユズリハさん、一体どうしたんですか……？」

「い、いやっ⁉　なななんでもない、決してキミがわたしを背中にかばってくれたことに胸がキュンとしているわけではないからな⁉」

「そんなこと想像もしてませんよ⁉」

「あの気持ち悪い視線を自然に遮ったキミの男らしい優しさとか！　キミの背中が意外に広いんだなとか！　相棒に護《まも》られるわたしってまるでお姫様みたいだなとか！　そういう破廉恥なことは微塵《みじん》も考えてない！　スズハくんもそう思うだろう⁉」

「……なにを慌ててるんですかユズリハさん？　そんなことより、兄さんが本当に新しいローエングリン辺境伯であるとこの人たち《アホども》に理解させる方が重要だと思いますが？」

「そ、そう！　わたしもずっとそれを考えていたんだ！」

というわけでその後、ユズリハさんがいかにしてぼくが新しいローエングリン辺境伯に就任したかという大演説をぶちかましてくれた。

——それはぼくがいかに滅茶苦茶《めちゃくちゃ》強くて、いかに滅茶苦茶救国の英雄で、いかに新しい辺境伯に指名されたかという話。

その内容は、吟遊詩人でもそこまでやらないぞというほど脚色過多で。

つまりは当事者のぼくが聞いてもウソ、大げさ、紛らわしい——と叫んでしまいそうな、そんな内容のオンパレードだった。

……それを事情も知らない人が聞いても、信じられるはずがないと思うんだけど。

当然ながら話が進むごとに、鉱山長たちのぼくらを小馬鹿にしたような視線はどんどん強くなっていく。

そして。

「——ほう。そこまで強いってんなら、おれたちに訓練をつけちゃもらえませんかね？　ねえ辺境伯サマ？」

「おれたちは魔物や山賊の襲来に備えて、日頃から鍛えなきゃいかんからなあ？　だから鍛錬には余念が無いってわけよ。ガハハ」

「もちろん逃げるわけが無いよなあ、国を救った英雄の辺境伯サマ？」

「でも鉱山長は強いからなあ、ヘタすればうっかり殺しちまうかもしれないが……訓練で事故はつきものだからなあ？　ガハハ」

「……はあ、分かりました。そういうことなら」

ぼくが了解の返事をすると、鉱山長たちはなぜか一瞬驚いた顔をして、それからさらに大爆笑したのだった。

……これでもぼく、戦闘職でない一般人相手に負けないくらいには、鍛錬してるつもりなんだけどなあ。

それともぼくって、そんなに弱く見えるのだろうか？

そ、そんなことないよね……と、同意を求めようとしたら。

「オイオイオイ」

「死にましたね……あの二人」

ユズリハさんとスズハが、物騒なことを呟《つぶや》いていた。

6（ユズリハ視点）

むくつけき鉱夫たちの前で、凄惨な公開凌辱《りょうじょく》ショーが行われている。

とはいえ完全に自業自得《じごうじとく》なのだけれど。

「……いや待てよ。なあスズハくん、男同士の場合も凌辱って言うんだろうか？」

「どうなんでしょうか？」

鉱山長の号令によって、屈強な肉体を持つ鉱夫たちが数十人、作業を中断して坑道前の広場に集められていた。

名目上は新辺境伯歓迎のためとのことだったが、鉱山長たちがスズハの兄をボコボコにする姿を鉱夫みんなに見せつけたいという意図があからさまで。

そのことに気づいたユズリハは、すぐにでも鉱山長たちをぶっ飛ばそうとしたのだが、スズハの一言で冷静を取り戻したのだった。

――いいじゃないですか。二度と反抗する気が起きないよう、兄さんにとことん性根を叩《たた》き直してもらいましょう――

「しかしまあ、こうなるだろうとは思っていたが」

鉱山長たちにとっては、自分たちの強さと新辺境伯のブザマな姿を鉱夫たちに見せつけ、自分たちがどれだけ偉くて強くて逆らえないのか再確認させるはずだった舞台。

だが現実は、真逆の事態が進行している。

ごつい革鎧《かわよろい》に大斧《おおおの》という完全武装の蛮族スタイルで戦う鉱山長と副鉱山長が、なにも装備していないスズハの兄に対して、まるで手も足も出ないのだ。

鉱山長たちがどれだけ全力で攻撃しても、スズハの兄には一切通用しない。

攻撃がわずか一センチで躱《かわ》されることもあれば、指一本で受け止められることもある。

そしてスズハの兄の放つ、目にも留まらない超速カウンターをぶち当てられて、たった一撃で鉱山の岩肌に叩きつけられてしまうのだ。

その様子に集められた鉱夫たちは一人残らず、顎が外れんばかりに驚愕《きょうがく》している。

ユズリハとスズハにとっては、そんなのは当然すぎる結果なのだが。

「アマゾネス軍団長二人すら手玉に取ったスズハくんの兄上だからなあ……イキる相手が悪すぎたというところか」

「全くですね。しかしあの鉱山長と副鉱山長、まだ抵抗を続けるなんて信じられません。兄さんにはどうやっても一生、未来永劫《みらいえいごう》敵《かな》わないってなんで分からないんでしょうか？　わたしならとっくに泣きながら土下座で全力命乞いしているところですが」

「ああ、それは簡単だ。戦いの前にわたしが、あの二人の耳元で囁《ささや》いてやったんだよ――

『あれほど大きな口を叩いておきながら、万一スズハくんの兄上に一撃すら当てられない醜態を晒《さら》すようなら、サクラギ公爵家次期当主として鉱山長交代を進言せざるを得ない』

ってね」

「えぐすぎですよ。そんなの不可能に決まってるじゃないですか」

　スズハが呆《あき》れ顔で続けて、

「兄さんは今まで、指一本しか使っていません。攻撃だって、すべて極限まで手加減したデコピンのみです。そのハンデがありながらここまでブザマにやられまくっているのに、鉱夫のみなさんが同情している様子がまるでゼロなのも笑えます」

「あの鉱山長たちのことだから、今までも暴力によって部下たちを支配してたんだろう。そしてあいつらの妄想ストーリーではスズハくんの兄上を力任せに殴りつけて屈服させて、さて何を要求するつもりだったやら」

「……今になって腹が立ってきました。ちょっとわたしもあの二人に、往復ビンタくらいしてもいいですか？」

「やめておけ。スズハくんが本気でビンタしたら、あんな見た目だけの鉱山長など一発で頭がもげるか、最低でも首の骨が折れるぞ。しかし妙だな――」

なんだかいつもと違う気がする、そうユズリハが感じていた。

いつもだったら力の差を見せつけるにしても、もっと淡々と、まるで戦闘訓練のように相手を叩きのめすのがスズハの兄だ。

それに相手のこともそれなりに気遣うはずだ。成功しているかは別として。

それが今回は、どこか感情的に、徹底的に叩きのめそうとしているような……？

首をひねるユズリハの横で、スズハがぼそりと口にした。

「兄さん、身内には甘いですから」

「ん？　どういうことだ？」

ユズリハが聞く。

するとスズハが、しまったという顔をしてそっぽを向いた。

「……いえ、なんでもありません」

「なんでもないはずないだろう？　言ってくれ」

どういうことか聞いておかなければならないと、ユズリハの女騎士のカンが告げていた。

何度か肘で突っついて促《うなが》すと、スズハがしぶしぶ説明する。

「……兄さん、ユズリハさんがバカにされて怒ってるんですよ」

「そ、それは本当かっ……!?」

ユズリハの表情筋がだらしなく緩む。

そうかそうか。スズハくんの兄上はわたしを嫌らしい視線から護ってくれただけでなく、わたしがバカにされたことを静かに怒ってくれていたのか。

自分がバカにされることとなんて、なんとも思っていないアイツが。

相棒のわたしがバカにされただけで、感情を剝《む》き出しにして……！

「……はあ。ユズリハさんが絶対調子に乗るから、言いたくなかったんですよ」

「ちょ、調子になんて乗ってなんかないぞ⁉」

「そんなことより見てください。ほら、周りで見守っている鉱山の人たち」

「彼らがどうした？」

「なんだか、ちょっと熱狂しすぎてませんか……？」

言われてユズリハもハッとする。

なんだかスズハの兄に対する応援が、ちょっと熱が入りすぎているような……？

「兄さんが、今まで自分たちを虐待してきた鉱山長たちをぶっ飛ばしていると考えれば、そこは理解できるんですが」

「そうだな。——ところでこれは今の話と全く関係ないんだが、スズハくんはこんな話を知っているだろうか？　女人禁制で、男ばかりが共同生活を行っている集団においては、衆道《しゅどう》が流行しやすいらしい。衆道とはいわゆる男性同士の――」

「……その話とは全く関係ないですが、できるだけ早急に帰りませんか？　詳しい調査は後日、改めて来ればいいんじゃないでしょうか。兄さん抜きで」

「……ああ。わたしもそう思う」

ユズリハがげっそりと答える。

なんだか鉱夫たちの、スズハの兄を見る目がハートマークになっている気がした。

7

ぼくが鉱山長たちと訓練をした後は、二人ともだいぶ大人しくなった。

ユズリハさんのした英雄譚《たん》も、まるきり嘘《うそ》ではないと思ってくれたようだ。

それから二人は、ぼくたちにミスリル鉱山を案内してくれた。少なくとも表面上は。

しかし……

「やっぱりおかしい」

ミスリル鉱山の案内が一通り終わって、ぼくたちは管理棟にある貴賓室へと案内された。

歴代の辺境伯が訪問してきたときもこの部屋を使っていたそうな。

貴賓室には会議用のテーブルもあるし、近くに随行者用のベッドルームも揃《そろ》っている。至れり尽くせりだ。

「兄さん、なにがおかしいんですか？」

「ミスリルの産出量だよ」

ベッドの上にちょこんと座るスズハに答える。

ちなみにユズリハさんは、確かめたいことがあるからと出て行った。

「これだけ大規模な鉱山で、鉱夫だってちゃんと人数がいたのに、やっぱり産出量がどう考えても少なすぎるんだよね」

「……そういうものなのですか？」

「そうなんだよ。とはいっても、ぼくも視察にくる前、アヤノさんといろいろ調べたから分かるんだけどね」

「すると横流しとかでしょうか……？」

「可能性はあると思う。とはいえ今日は遅いから、明日になってから慎重に確かめないといけないだろうけど」

「あの鉱山長と副鉱山長、すごい悪人面《あくにんづら》でしたし、横流しとか絶対やってると思います。なので締め上げれば手っ取り早いのでは？」

「そういうことはやっちゃダメ」

ぼくがスズハをたしなめていると、ユズリハさんが戻ってきた。

「お帰りなさい、ユズリハさん」

「うむ……実は鉱山の規模の割にミスリルの産出量がなんとなく少ないような気がして、鉱山長たちに話を聞いていたんだ。これは領地にもミスリル鉱山があるわたしだからこそ気づけたことだろうが……」

「いえ、兄さんはとっくに気づいていましたが」

「スズハは黙って。――それでユズリハさん、どうでした？」

「わたしのカンだが、あれはクロだな。なにしろ顔が悪人面《あくにんづら》だし」

ユズリハさんの発想がスズハと同レベルだった。

「というわけでキミ、ちょっとあの鉱山長たちを拷問したいと思うのだがどうだろう」

「証拠もなしに拷問しちゃダメですよ⁉」

「わたしの女騎士と、あと歴戦の公爵令嬢のカンが告げている。あれは明らかにクロだ。真っ白なんて考えられん」

「それでもダメですってば！」

「兄さん、でしたらわたしがハニートラップを仕掛けるのはどうでしょう？」

「なにさそれ⁉」

「あいつらは、兄さんとユズリハさんの強さは心底理解していると思いますが、わたしのことはコムスメと侮《あなど》っているに違いありません。なのでわたしが夢遊病という噂《うわさ》を流し、深夜に一人でいるところを襲わせれば」

「ダメに決まってるよねえ⁉」

「安心したまえキミ。あの鉱山長どもは中堅騎士程度には強いが、スズハくんにかかれば虫けらを叩き潰すようなものだ」

「そういう問題じゃありませんから⁉」

＊

その後、二人をなんとか落ち着かせて。

明日きちんと調査しようという結論に持って行ったときには、夕食の時間になっていた。

「兄さん、夕食はエビチリだそうです」

「エビチリ?」

エビチリとは、エビを辛くして炒《いた》めた料理のことだ。

エビチリのチリがどういう意味かは寡聞《かぶん》にしてぼくは知らない。たぶん魔術用語。

「やはり肉体労働の後にはしょっぱい食べ物ということでしょう。ねえユズリハさん？」

「まあそうだろうな……しかしできればわたしは、スズハくんの兄上手作りのエビチリが食べたかったのだが……」

「はいはい。城に戻ったら作りますね」

エビチリが用意されている幹部用の食堂に出向くと、待っていたのは鉱山長と副鉱山長、それともう一人。なんでも鉱山の会計責任者だとか。

この人も鉱山長と同じ禿頭《とくとう》のいかついオッサンなので、なんというか、山賊どもの宴会という感じが半端《はんぱ》ないのだけれど。

ともあれ、形だけでも歓待してくれるみたいだ。

そして用意されているエビチリは……見た目がもの凄《すご》くしょっぱそうだった。

どれくらいしょっぱそうかって、こんなの食べたら高血圧で死んじゃうよってくらい。

なにせ塩が溶けきれずに浮いている。

採鉱とかの肉体労働した後には塩気が利いている方が美味《おい》しいけれど、それにしたって限度があると思う。

たとえ毒が入っていても、味がヘンだなんて絶対に分からないだろうってレベルだった。

「………………」

鉱山長たちが、なぜかぼくたちを見ながらニヤニヤしているのも気に掛かる。

それは一見すると『おれたちのエビチリのしょっぱさに耐えられるかな？』なんていう感じだけれど、なんだか秘密の思惑を隠しているようにも見えた。なので。

「あっ、あそこに彷徨える白髪吸血鬼《ホワイトヘアード・ヴァンパイア》」

『なっ⁉』

みんなの注意が窓の外に逸《そ》れたところで、ササッとエビチリの皿を交換しておく。

ぼくたちの皿を鉱山長たちへ、鉱山長たちの皿をぼくたちへ。

もちろんエビチリをすり替えたって、特段の問題なんてないはずだ。普通なら。

「すみません、気のせいだったみたいです。じゃあ食べましょうか」

──そして夕食が始まって、しばらくたった頃。

鉱山長たち三人が突然、泡を吹いてひっくり返った。

8

「なっ……まさか敵襲かっ⁉」

「違いますよユズリハさん」

「兄さんの言うとおりですよ。この人たちは、恐らくわたしたちを高血圧で殺そうとして塩を入れすぎた結果、逆に自分たちがやられたのでしょう。あんなに偉そうな態度だったくせに軟弱すぎますね」

「違うと思うよ？」

遠距離魔法かなにかで狙撃されたと勘違いするユズリハさんと、塩分の過剰摂取によりひっくり返ったと断定するスズハに事情を説明する。

鉱山長たちの様子がなんとなく引っかかったこと。

なので、ぼくが隙を見てエビチリの皿を取り替えておいたこと。

そうしたら、ぼくたちが食べるはずだったエビチリを食べた鉱山長たちが、三人揃って泡を吹いてひっくり返ったこと。

「つまり……こいつらは、兄さんに毒を盛ろうとしたということですか？」

「まだ断定はできないけれど、多分ね」

「ですが、なぜ貴族になった兄さんに毒を盛るなんてことをしたんでしょうか？　だって
そんなことしたら、どうなろうが一族郎党皆殺しが大確定じゃないですか。この人たちが
いくらバカだからって、そんなあまりにも大バカすぎることをする理由は……？」

「ひょっとしたら、もうとっくに引き返せないところまで罪を犯していたのかもね」

もしもミスリルの横流しが発覚すれば、当然ながら一族郎党大粛清《しゅくせい》だ。

ならば犯罪の露見を阻止するために、たとえ貴族が相手でも毒を盛るという可能性は、
十分にあり得るだろう。

もしも失敗しても、これ以上罪が重くなる可能性はないのだから。

「ユズリハさんはどう思いますか……ってユズリハさん？」

「あ、ああ」

ぼくが声を掛けると、なんだかぼーっとしていたユズリハさんが慌ててこちらを向いた。

なんだか顔が赤い。

「どうしました？　まさか、ユズリハさんのエビチリにも毒が……⁉」

「いや、そういうのじゃないんだ。その……またキミに命を助けられてしまったなって」

「はい？」

「もちろん、わたしが悪いことは承知している。暗殺だの食事に毒を入れるだのなんて、普通なら庶民だったキミには気づきようがないはずだ。キミが気づいたから良かったが、本来ならわたしが気づくべきだった。本当に申し訳ない」

「いえそんな、ユズリハさんのせいだなんてこれっぽっちも」

「だからわたしは大いに反省すべきなんだが……さっきから、嬉《うれ》しくて仕方ないんだよ」

「えっ？」

「わたしはキミを助ける場面で、助けることができず反対に助けられた不甲斐《ふがい》ない女だ。なのに、自分でもいけないと分かっているんだが——キミにまた命を助けられたと思うと、どうしようもなく心が浮き立ってしまうんだ」

上目遣いで頬を赤らめて、手をもじもじしながらそんなことを言われても困る。

こういう場合、ぼくはどう返せばいいのだろうか。

どうやら反省しているらしきユズリハさんに「そんなことありません！」はヘンだし、かと言って「そうですね」というのもダメだろう。

とはいえぼくには、ユズリハさんを非難する気持ちなんて一切ない。

そんなことを脳内で超高速で考えた結果、ここは勢いで押し切ることにした。

「ユズリハさんが気づかなかったことに、ぼくが気づいた。それでいいじゃないですか」

「しかしキミ、それでは」

「ぼくとユズリハさんは、もはや仲間同士というか、いわば一心同体なわけですから！　だからどちらか片方が気づかなかったことでも、もう一方が気づけばそれでいいんです。そうやって助け合うのが本当の仲間ってモノじゃないですか！　だから今回も、まったく問題ありません！」

「そ、そうだったのかっ……！」

「えっ」

「キミがわたしのことを、相棒としてそこまで認めてくれていたとはっ……！」

ぼくの超強引な論理展開に、なぜかユズリハさんは目をウルウルさせて感動していた。

なんとなくユズリハさんにあらぬ誤解をさせてしまった気もするけれど。

なんとかなったみたいだし、まあいいか。

「それじゃユズリハさん。今から鉱夫たち全員を拘束した上で、この鉱山に詳しくて長く働いている鉱夫を中心に、聞き込み調査しましょうか」

「うん？　聞き込みはもちろんすべきだが、明日でもいいんじゃないか？　そ、それより、いつそこまで相棒として認めてくれたのかについて詳しく……！」

「いえ、今日やりましょう」

本来は明日からやろうと思っていたんだけど、鉱山のトップ三人が倒れたことで状況が大きく変わった。

「鉱夫の中にいるかもしれない協力者が、証拠隠滅を謀《はか》るのを防ぎたいんです」

「――なるほど。協力者がいて鉱山長が倒れたと知られたら、今夜にも脱走や証拠隠滅に動く可能性は高いだろうな。なにしろ間違いなく極刑だ」

「はい。鉱山長が倒れたことを明日まで隠しておく手もあるんですが、ミスリルの横流し相手が今夜にも現れるかも知れません。そこに鉱山長が現れなければバレるでしょうから

……スズハもそれでいい？」

「はい。兄さんの判断に従います」

それからぼくたちは泡を吹いた鉱山長たちを念のため縄でぐるぐる巻きにし、それから仕事を終えた鉱夫たちの元へ向かうのだった。

その時点でぼくは、ミスリル鉱山の問題に関してこれで無事になんとかなった、なんて内心ホッとしていたのだ。

――結果的にそれは、とんでもない誤りだったけれど。

9

それから三人で鉱夫たちに聞き込み調査をし、時にはユズリハさんが王国女騎士秘伝の拷問技「その関節はそっちに曲がらない」まで駆使して得た情報を総合するとミスリルは月に一度、満月の夜にこっそり搬出されるのだという。

空を見上げる。普段より赤く染まったまんまるの月。

つまり今夜だ。

「それにしても、さすが兄さんですね。本当に闇取引が今日だなんて」

「偶然だけどね。まあ鉱山長たちが性急すぎたから、なにか裏があるのかと思っただけで。それにしたってまだ、正規の取引の可能性もあるし」

「いいやキミ、それは無いだろう。まともな相手なら昼間に引き取りに来るはずだからな。ミスリルと見間違えて銀でも摑《つか》まされたらシャレにもならん」

「ああ、だから裏取引も満月の夜にするんですね。納得です」

取引の行われているらしき場所も聞き出せた。

ミスリル鉱山の裏手にある、鍾乳洞《しょうにゅうどう》の奥の突き当たり。

魔物除《よ》けのためにミスリルを奉納する場所で、その闇取引は行われているのだとか。

危険があるのと、大勢で向かうと気づかれて逃げられる恐れがあるため鉱夫は連れずに、ぼくとユズリハさん、それにスズハの三人だけで、ミスリルの闇取引を取り押さえるべく鍾乳洞へと向かっている。

まあユズリハさんさえいれば、どんな相手でも大丈夫だろう。

そんな風に楽観視していた。

*

やがて鍾乳洞の入口についたぼくたちは、息を潜めて中へと入っていく。

人が歩きながらすれ違えるかどうかという狭い洞穴。

そのうえ岩面がでこぼこなのに、表面はつるつるしている。鍾乳洞の特徴だろう。

「スズハ。滑らないよう気をつけてね」

「はい兄さん。真っ暗で、ほとんど何も見えませんね」

「我慢して。話によると、祭壇部分は天井が抜けて空が見えるみたいだよ」

「しかしキミ……運び出すミスリルのことも考えると、結構な人数がいるはずなんだが、そちらの気配もまるで感じられないな……」

「そうなんですよね……ハズレでしょうか？」

ひそひそ声で話しながら、慎重に鍾乳洞の中へと入っていく。

そうして歩いていくと、広い場所に出た。

狭い穴の先にある、ぽっかりと開いた広間のような空間。

数十メートルの高さの天井は開けており、真っ赤な満月が広間を照らしている。

「……‼」

おびただしい数の兵士が斃《たお》れていた。

どこかの国の正規兵であろう、武装した兵士の身体《からだ》がバラバラになって、鍾乳洞の広間一面にばら撒《ま》かれていた。

その中で、
たった一人だけ、生きている相手と目が合った。

広間の一番奥で静かに佇《たたず》んでいたそいつは、ぼくを認めると『にぃっ』と嬉しそうに口の端を歪《ゆが》めて、血よりも深い赫眼《かくがん》をぼくに向けたままゆっくりと動き出した。

「二人とも、ぼくの後ろに下がって――！」

「兄さん……⁉」

「キミ、まさか――！」

極度に緊迫したぼくの指示に、二人もなにか気づいたようだった。

それは、間違えようもない相手。まさかこんなところで再戦だなんて。

そいつの顔を、雲から顔を出した月光が照らす。

腰まで届いた真っ白な髪。

見た目だけなら、夏の貴族令嬢のようにも見えた。

けれどその実体は、目撃した全ての生命を刈り尽くす、まさに伝説の死神。

後ろで「ひっ」と声を漏らしたのはスズハとユズリハさんのどちらだろうか。

彷徨える白髪吸血鬼《ホワイトヘアード・ヴァンパイア》が、ぼくに向かって駆けだした――！

10（ユズリハ視点）

まさかもう一度、目にするなんて夢にも思わなかった。

ユズリハが初めてスズハの兄と遠出をした、新入生のゴブリン退治の試験の手伝い。

そこで出くわした——彷徨える白髪吸血鬼《ホワイトヘアード・ヴァンパイア》。

外見だけなら恐ろしく痩せた、この世のものと思えないほど美しい少女。

白いワンピースに麦わら帽子を被《かぶ》り、まるで夏のお嬢様みたいだ。

けれどその瞳は、血液よりもなお深い赫色《かくしょく》。

それは、目にした者を皆殺しにするという伝説の悪魔。

それは、たった一体で国を滅ぼした記録すら多数存在する最悪の厄災。

それは、スズハとその兄のいた村を壊滅させたのだとスズハは言った。

「なんでコイツが、こんな場所に——！」

世界中に溢《あふ》れる暴力と理不尽が凝縮されて固まったかのような存在を前に、ユズリハはそう漏らすことしかできなかった。

視界の先では、スズハの兄と彷徨える白髪吸血鬼《ホワイトヘアード・ヴァンパイア》が凄《すさ》まじい死闘を繰り広げている。

スズハの兄ですら確実に勝つとは言えない、ユズリハの知る限り唯一の存在。

それが、彷徨える白髪吸血鬼《ホワイトヘアード・ヴァンパイア》という名の悪魔だった。

「だいたいアイツは、スズハくんの兄上に右腕を取られたはずじゃないのか――!」

目の前には地獄があるとユズリハは思った。

足が震えてとても動けない。

情けないけれど自分がスズハの兄に助太刀するなんて、レベルが違いすぎて不可能だ。

逆にスズハの兄の足手まといになる未来しか見えない。

ならばせめて自分がこの場から逃げたほうが、スズハの兄が少しは戦いやすいだろうと百も承知している。

けれど。

ユズリハの女騎士としての本能が、背中を向けたら殺されると警鐘を鳴らしていて。

だから、ユズリハは。

スズハの兄が戦って、自分の命を護《まも》ってくれている背中を、歯を食いしばりながらただ見守ることしかできなくて――

「ユズリハさん、気づいてますか」

「なにがだ?」

「あの悪魔の右腕です」

「再生しているようだな。まったくもって腹立たしい」

ユズリハと同じく一歩も動けず、兄の戦いから目を離せずに声だけ掛けてきたスズハに向かってそう答えると。

スズハは額に汗を浮かべたまま、

「よく見てください、あの腕ミスリルでできてますよ」

「なに⁉」

「──きっとあの悪魔は、兄さんと戦うためには普通に右腕を再生するだけじゃダメだと判断したのでしょう。だから、この鉱山のミスリルを喰《く》らって、自分の右腕を作り直したのではないかと──」

「そんなバカなことが……」

口では否定しながらも、ユズリハの直感はスズハの考えが正しいと言っていた。

なにしろ辻褄《つじつま》が合いすぎる。

いくらミスリルと魔物の親和性が高いからといっても、どうして彷徨える白髪吸血鬼《ホワイトヘアード・ヴァンパイア》とミスリル鉱山で遭遇したのか。

そしてもう一つの理由。

魔法銀《ミスリル》は質が高いほど、魔物が強力なほど、より両者の親和性が高い。

ユズリハは知識としてそのことを知っていた。

そして相手は規格外の悪魔。産出するミスリルも、確認した限りでは極めて上質だった。

ならば、彷徨える白髪吸血鬼《ホワイトヘアード・ヴァンパイア》がミスリルの右腕を生やしたとしても——おかしくはない。

「だからあの悪魔は、こんなに強くなっているのか……⁉」

なぜ彷徨える白髪吸血鬼《ホワイトヘアード・ヴァンパイア》が、以前よりも強さを増しているのか。

ヤツの強さが以前と同じなら、あの時よりも強くなったスズハの兄が苦戦することなどないはずなのに——！

「……じっとしてましょう。わたしたちじゃ、相手にもなりません……」

「それしかないな……」

幸いと言うべきか、それとも腹立たしいと言うべきか。

彷徨える白髪吸血鬼《ホワイトヘアード・ヴァンパイア》はスズハの兄しか眼中にないことが明らかで、ユズリハたちなんて路傍の石程度にも認識していないのがユズリハたちにも明らかだった。

だからユズリハたちは息を潜めて、スズハの兄が信じられないほどの強さで自分たちを護る姿を、ただ見守るしかなかった。

＊

それから、どれほどの時間が経《た》っただろうか。

ひょっとしたら左右の腕が両方ミスリルなら、スズハの兄は勝てなかったかも知れない。

それほどの接戦だった。

けれど現実には彷徨える白髪吸血鬼《ホワイトヘアード・ヴァンパイア》がミスリルなのは右腕だけで、その上乗せ分よりもユズリハやスズハと一緒に鍛え上げてきたスズハの兄の成長分が、ほんのちょびっとだけ上回っているようだった。

スズハの兄が少しずつ優位に立ってくるのに合わせて、彷徨える白髪吸血鬼《ホワイトヘアード・ヴァンパイア》もますますギアを上げていく。

けれどそれは、とっくに最高潮だったテンションを無理矢理上げているようなものだ。

いずれ限界が来るなんて自明の理で。

そしてついに、その瞬間が来た。

パリン、と何かが壊れた音が聞こえたと思ったら。

彷徨える白髪吸血鬼《ホワイトヘアード・ヴァンパイア》の右腕が、眩《まぶ》しいくらいに光りまくって——

大爆発を起こした。

鉱山の外から見たそれは、光線の奔流が空に向かって。

まるで一直線に噴火したようだったという――

11（ユズリハ視点）

「――リハさん、ユズリハさん」

「ふみゅ……？」

ユズリハが目を覚ますと、目の前でスズハの兄が「よかった」と言って微笑《ほほえ》んだ。

「キミ……？　ここは天国か……？」

「前にも言ってましたね、そんなこと。でも違いますから」

「……ええっと……？」

かぶりを振って思考を整理する。

たしか、彷徨える白髪吸血鬼《ホワイトヘアード・ヴァンパイア》の右腕が光って、大爆発を起こして――

あの大爆発でなんで生きているんだとユズリハが少し考えて納得した。

なるほど、だからスズハくんの兄上が目の前にいるのか。

自分がこうして生きているのは、わたしの相棒が以前もやってくれたのと同じように、自分の身体《からだ》を治療してくれたからなのだろう。

「わたしを治療してくれたんだな。ありがとう、またキミに命を救われた」

「いえとんでもない。でも今回は、傷痕もありませんよ」

「それはいささか残念な気もするが——それで、倒したのか？」

「分かりません」

スズハの兄が、苦い表情で空を見上げた。

いつの間にか陽が射《さ》していた。何時間も眠っていたようだ。

「彷徨える白髪吸血鬼《ホワイトヘアード・ヴァンパイア》らしきものは何も見つかりませんでした。なので、天井から逃げた可能性があります」

「そうか」

天井までは数十メートルはあるが、彷徨える白髪吸血鬼《ホワイトヘアード・ヴァンパイア》の脚力ならば飛び越えることは十分可能だとユズリハは思う。

もちろん、大爆発によって死体も残っていない可能性の方が大きいだろうが。

「いずれにせよ、またキミの勝ちだ。父上やトーコが聞いたら仰天するな」

「まあ今回は、腕みたいな証拠もありませんから、信じてもらえないでしょうけれど」

「そんなことはないさ」

少なくともユズリハの父である公爵や女王のトーコは、一切疑わず信じるに違いない。

なにしろ信頼と実績が違う。

「さてと。ユズリハさん、起き上がれますか？」

「ん……ちょっと難しいな」

「手を貸しましょうか」

「すまん」

そう言うと、気を遣ったのだろうスズハの兄が、抱きかかえるような距離で迫ってきた。

あ、あれ……？

こ、これはいわゆる、ちゅー待ちの距離ではないだろうかっ……⁉

降って湧いた幸運に慌てつつも、同僚の女騎士から得た知識をフル回転したユズリハが
ドキドキしながらそっと目を閉じ唇を突き出して、ちゅーの体勢に――！

「うにゅー」

……うにゅー？

「なんだ……？」

場違いなうめき声にまぶたを開けると、スズハの兄の頭上に幼女が乗っかっていた。

どこから見ても、完膚なきまでに幼女だった。

雪よりも白い髪。血液よりも赫《あか》い瞳。

夏のご令嬢を思わせるようなサマードレスを着ているが、明らかにぶかぶかでサイズが合っていない。

「なあキミ。なんだこの、彷徨える白髪吸血鬼《ホワイトヘアード・ヴァンパイア》そっくりの幼女は……？」

「………さあ？」

＊

それからスズハの兄とユズリハがいろいろ調べてみたものの、この幼女が何者なのかは結局のところ分からなかった。

なにしろ、何を聞いても「うにゅー」としか答えない。

その特徴はまんま彷徨える白髪吸血鬼《ホワイトヘアード・ヴァンパイア》なのだが、スズハの兄への敵意は見られない。

右腕は普通にあった。

そしてユズリハには、どうしても確認しておかなければならないことが一つ。

「まさか、キミの隠し子じゃないだろうな……？」

「そんなわけありませんよねえ⁉」

「冗談だ。いや、あながち冗談でもないのだが」

肯定されれば人生設計が根本から崩壊する質問を否定されて、ユズリハはひとまず胸を撫《な》で下ろしたのだった。

「ひょっとして、彷徨える白髪吸血鬼《ホワイトヘアード・ヴァンパイア》の生まれ変わりだったりするのか？」

「どうでしょうか……死んでから生まれ変わるには時間が短すぎる気もしますが」

「なら、彷徨える白髪吸血鬼《ホワイトヘアード・ヴァンパイア》の子供か？」

「その場合、彷徨える白髪吸血鬼《ホワイトヘアード・ヴァンパイア》が生き延びてたら連れ戻しに来るんですかね……？」

「たとえ冗談でも勘弁してくれ」

「王族とか高位貴族とかの秘伝で、何か分かりませんか？」

「確認はするが望み薄だろう……なにしろ見た者全てを殺すと伝承される悪魔だ」

スズハの兄が幼女を頭に乗せたまま話し込んでいると、スズハが「んんっ……」と声を漏らす。目を覚ましたようだ。

「ちょっと起こしてきます」

「うん」

ユズリハも立ち上がる。

とりあえず、考えるべきことが多すぎた。

その後、自分と完全に同じ流れを辿《たど》った上に「うにゅー」されてもちゅー待ちの体勢を続けやがったスズハの後頭部にチョップをくれつつ、大爆発で大半が吹き飛んだ鍾乳洞《しょうにゅうどう》を眺めていると――

「……あれ、ひょっとしたらオリハルコンじゃないのか……!?」

ミスリルよりもさらに希少な、幻の金属。

オリハルコンの鉱床が、剝《む》き出しになっていた――

3章　調印式

1

ミスリル鉱山から帰ったぼくを待ち構えていたもの。

それは執務室で書類に埋もれているアヤノさんの、恨みがましいジト目だった。

「す、すごい状況だね……？　えっとこれ、お土産のオリハルコン」

「……このオリハルコン鉱石、やたら出来の良いニセモノですね。どこのお土産屋さんで買ったんですか？」

「本物のオリハルコンみたいだよ？　ユズリハさんがそう言ってた」

「そんなことあるわけないでしょう。このサイズのオリハルコン鉱石がもし本物だったら、大陸中の国家が大騒ぎですよ」

「ニセモノじゃないと思うけどな？」

なにしろ、鉱脈が露出しているところから拾ってきたのだ。

あの後のユズリハさんの慌てようとか、ちょっと厳重すぎるくらいの箝口令《かんこうれい》とか見ても、ミスリルより希少な金属なのだろうと想像はつく。

それがどんな物なのか、具体的には分からないけれど。

「あともう一つ。閣下の頭上に乗っている白髪の幼女は、閣下の隠し子でしょうか？」

「そんなわけないよね⁉」

なぜみんな、ぼくに隠し子がいると疑ってかかるのだろうか。

得心がゆかぬわ。

「この子はね……よく分からないんだよ」

「どういうことです？」

アヤノさんに説明する。

ぼくたちが彷徨える白髪吸血鬼《ホワイトヘアード・ヴァンパイア》と死闘を繰り広げた結果、光の大爆発が起きたその後、彷徨える白髪吸血鬼《ホワイトヘアード・ヴァンパイア》がいなくなった代わりにこの幼女が現れたこと。

髪の白さや赫《あか》い瞳など、彷徨える白髪吸血鬼《ホワイトヘアード・ヴァンパイア》と特徴がそっくりであること。

ぼくが話を続けると、訝《いぶか》しげだったアヤノさんの表情がどんどん引きつっていくのが分かった。

「閣下？　つまりこの幼女は、彷徨える白髪吸血鬼《ホワイトヘアード・ヴァンパイア》と何らかの関わりがあると……？」

「そこは断定できないけど……いずれにせよ鉱山に放っておくわけにいかないでしょ？

だから連れて帰ってきたんだよ」

「……はあ。閣下は神経が図太いというか、大胆すぎて呆《あき》れるというか……」

「酷《ひど》い言われようだ!?」

ぼくだってアヤノさんの言いたいことくらい分かる。

きっと、彷徨える白髪吸血鬼《ホワイトヘアード・ヴァンパイア》と少しでも関係がありそうなものなら、殺してしまうのが正解なのだろう。少なくとも統治者の理屈としては。

けれどぼくには、どうしてもそれができなかった。

もしもどちらを取るかと言われれば、ぼくは辺境伯であることを捨て、この子を連れてスズハとどこかの森の奥で暮らすだろう。

だってこの子が何をしたわけじゃない。それが庶民の心意気だ。

この子が彷徨える白髪吸血鬼《ホワイトヘアード・ヴァンパイア》に関係していると確定したならまだしも――

「それで、その子はなんという名前なんです？」

「うにゅ子」

「……はい？」

「この子、なにを聞いても『うにゅー』としか言わないんだよね。だからうにゅ子」

「うにゅー」

「……閣下のネーミングセンスが皆無であることは、よく分かりました」

ずいぶんな言われようだった。

その後、ひとまず様子を見るためメイド見習いにすべきだというアヤノさんに同意して、うにゅ子は幼女メイドになることになった。

本人に「それでいい？」と聞いたら首を縦に振りながら「うにゅー」と言っていたので恐らく大丈夫だろう。

「それじゃ、うにゅ子の先輩メイドさんを呼ぶよ。カナ――」

「お呼びとあらば即参上」

ぼくが呼び終わらないうちに、我が家の優秀なメイドさんであるカナデが現れた。

いったいどうやってるのかまるで不明だ。

そしてカナデは、後輩となるうにゅ子の顔をじーっと見つめて……

「……かぶってる。キャラが」

「うにゅ？」

いや、銀髪少女と白髪幼女だからそこまで被《かぶ》ってないとは思うけど。

すると今度はカナデが、うにゅ子を胸元で抱きしめて。

「でもおっぱいはカナデの勝ち」

「うにゅー⁉」

「なに張り合ってるのさ⁉」

幼い体型に不釣り合いなカナデの豊満すぎる胸元でハグされた結果、鼻と口が塞がれたうにゅ子がじたばた暴れる。

一見じゃれ合っている風だけど、本気で息ができないのだろう。

「こらカナデ。離しなさい」

「う、うにゅ……」

「格付けは済んだ」

カナデからうにゅ子を引き剝がすと、ちょっぴり涙目のうにゅ子と対照的に、カナデはなぜかドヤ顔だった。

幼女相手に胸の大きさでマウントを取るとか、大人っぽいんだか子供っぽいんだかよく分からないけれど。

「これからはカナデが、メイド長としてビシビシ鍛える」

「うにゅ」

「メイドの道は一日にしてならず」

「うにゅー！」

仲良くやれそうなので、これでいいかなと思った。

＊

うにゅ子の話が一段落して、ぼくは気になっていることを聞いた。

「ところでアヤノさん、なんで書類がそんないっぱいあるの？」

少なくともぼくがミスリル鉱山に出かける前は、こんな惨状になっていなかったはずだ。

すると。

「閣下が留守の間にトーコ女王から、ウエンタス公国との停戦協定の調印式が決まったと連絡があったんです。その準備で大忙しなんですよ」

「停戦協定の調印かあ。どこでやるの？」

「この城でです」

「えっ」

驚いたぼくだけど、少し考えて納得した。

ローエングリン辺境伯領は両国の国境付近に位置しているから、どちらかの王都でやるよりも穏便だろう。

それに連れてきたままになっている、元敵軍司令官たち人質のみなさんもいるわけで、停戦となれば一緒に連れ帰ってもらえると助かる。

考えれば考えるほど、この城でやるのが合理的に思えた。

でも、それでも不思議なことはある。

「うーん……」

アヤノさんくらい優秀なら、それくらい涼しい顔で処理してしまいそうな気がする。なにしろ予想される仕事を先回りして、完璧に下処理を整えてしまうのがチート文官のアヤノさんなのだ。

そんな疑問は、アヤノさんの次の言葉で氷解した。

「その調印式には、トーコ女王も出席するとのことです。しかもその上に、主要各国からゲストもお招きするとのことでして」

「えっ、トーコさんも来るの？　しかも主要各国って」

「普通に当事国同士の全権大使が来て調印するだけなら、よっぽど楽なんですけどね……普通はしませんよ、こんな辺境に各国のゲストを呼びつけるなんて。トーコ女王としては、閣下のお披露目も一緒にやってしまおうという目論見《もくろみ》でしょうが」

「ぼくのお披露目ってのはよく分からないけれど、そもそもこんな辺境に呼んだとしても各国のゲストなんて来ないんじゃ？」

「普通ならば来ないでしょうが、今回は来ます。なにしろ閣下は、オーガの異常繁殖から大陸を救った英雄ですから」

「あれはただの偶然なんだけど……？」

「ただの偶然で世界を救ったなら大したものだと思いますが」

なるほどねえ。そういう見方もあるかもしんない。

「アマゾネス族は一族をあげての参加を熱望してきて、トーコ女王がなんとか代表者のみ参加に食い止めたそうですよ。その様子を伝え聞いた各国も、閣下に一度ご挨拶するべく要人が続々と参加表明したようです」

「ふええ……」

「まあ、ここまではトーコ女王の思惑通りといったところでしょうか」

なるほど、それでこの山のような書類の束になったわけか。

それはアヤノさんも大変だっただろう。

なにしろ様々な国の人間が集まるということは、それだけで面倒だからね。

国によって食べちゃいけないものとかタブーとか風習とかがあったりするから、下調べしなくちゃいけない。

「トーコ女王も、近々こちらにやって来るそうですよ」

「トーコさんも大変だなあ。ていうか、こっちに来て大丈夫なのかな？」

「いまだ体制の固まっていない時期ですし普通なら完全にアウトですが、今回に限っては大丈夫でしょう。なにしろ政敵は大粛清《しゅくせい》されましたし、とんでもない切り札がこの辺境に潜んでいますから」

「たしかにユズリハさんがいたら、怖くてクーデターもできませんよね」

「本当に恐れられているのは間違いなく……まあいいですけど」

なぜかアヤノさんに、呆れた顔をされたのだった。


執務室を出ると、待っていたらしいユズリハさんが話しかけてきた。

「ユズリハさんも入ってくればいいのに」

「そうは思ったんだが、書類の束がチラリと見えたので怖気《おじけ》づいてしまってな……」

まさか公爵令嬢を立ち話で済ませるわけにもいかないので、応接室にお通しする。

日頃そんなの気にしてない気もするけど、それはそれ。

応接室に座るとメイドのカナデがすかさずお茶を淹《い》れてくれた。さすがはうちのメイド。

カナデの頭にうにゅ子が乗っているのは、見なかったことにした。

「それでどうしたんです、ユズリハさん？」

「うむ。トーコがこっちに来る日時なんだが、アヤノの予測より早いはずだ」

「というと？」

「うにゅ子とオリハルコンの件があるから、最速でこちらに来いと手紙で催促した」

「そういうことですか」

「まあ調印式の日程は変わらんだろうが」

ぼくとしては、トーコさんがこちらに長く滞在する分には万々歳だ。

ずっと忙しかっただろうし、少しはこっちで骨休めしてもらいたいなあ。

2

ユズリハさんの言ったとおり、トーコさんは予定よりずいぶん早く到着した。

そしてトーコさんのすぐ後を追って、調印式を行うための警備兵だとか事務官吏だとか、その後のパーティー用の調理人だとかメイドさん部隊、パーティー用のドレスを仕立てるデザイナーまで順次やってくるとのこと。大いに助かる。

そのトーコさんは、ぼくたちの話を聞き終えると思いっきり頭を抱えていた。

「いやいやいや、おかしいからそれ……！　オリハルコンが見つかっただけでも大陸中を揺るがす大ニュースなのに、その鉱脈ってどういうこと⁉　しかも彷徨える白髪吸血鬼《ホワイトヘアード・ヴァンパイア》の子供バージョンとか前代未聞《ぜんだいみもん》すぎるんですけど⁉　まるっきり意味が分かんないわ！」

「安心しろトーコ。わたしもさっぱり分からない」

「なに偉そうにバカでかい胸張ってんのよこのアホ公爵令嬢がッッ！」

「ふっ。わたしの相棒を貴族にしたうえ野に解き放ったのだぞ、大きな成果を上げるなど想定内に決まっている」

「そりゃちょっとは期待してたけど！　いきなり世界がひっくり返りかねない、どデカい爆弾二つも抱えてくるなんて想定できないっつーの‼」

目の前でトーコさんとユズリハさんが謎の言い争いをしているけれど、それはともかく。

「トーコさん、ひとまず落ち着いてください。はいお茶」

「あ、ありがと。……やっぱりスズハ兄のお茶は美味《おい》しいわ」

「わたしにもお茶を頼む。さてトーコ、女王として今後の方針をどう立てる？」

お茶をずずずっと呑《の》んだトーコさんが、一息ついてからユズリハさんに答える。

「そんなもんはね、とりあえず保留よ保留」

「なぜだ？」

「情報が足らなすぎるからね。――オリハルコンもうにゅ子も、上手《うま》く使えばそれだけで大陸統一できるレベルの激ヤバネタだけど、下手《へた》したら逆に大陸まるごと吹っ飛ぶ恐れも大いにあるわけ。だったらまずは、情報集めまくるしかないでしょ？」

「なるほど。情報が集まるまでは？」

「スズハ兄に預けておくしかないでしょ。幸いにして今のところは平穏無事っぽいしね、まあスズハ兄なら悪いことにはならないでしょ？」

「わたしもそう思う」

「だよねー。まあ、オリハルコンの採掘くらいはやっていいかもだけど？」

「それもやめておいた方がいいだろう。大丈夫だろうが、万が一特殊な採掘法でなければオリハルコンがダメになるとかあったら目も当てられない」

「それもそっか」

「とりあえず、目の前の調印式に全力投球するべきだろう……ふふっ。わたしとわたしの相棒の、初めての国際的なお披露目だからな。ドレスはどうすべきか――ううむ、純白のウエディングドレスは戴冠式でトーコに先を越されたし……やはり白無垢《しろむく》か……？」

「ちょ、ボクそんなつもりじゃ⁉」

「ほほう。全くそんなつもりが無かったと神に誓えるか？」

「……うん、ごめん。お詫《わ》びに費用は全額ボクが出すから、ドレスはユズリハもスズハも三人お揃《そろ》いで――」

目の前で、ぼくにはよく分からないけど重要そうな事項が次々に決まっていく。

さすが女王と公爵令嬢だと、大いに感心したのだった。

＊

トーコさんが捕虜の皆さんを見たいというので、城の地下へと案内した。

こういう貴族のお城には大抵、犯罪者を収容したり拷問したりするための地下牢《ろう》がある。

もともと辺境伯の居城だけあって、この城の牢屋は王城にも負けないくらい広いけれど、

それでも今は満員御礼《まんいんおんれい》だ。

なにしろ捕虜にした敵国の司令官たちが、ぎゅうぎゅうに押し込められているので。

いきなりの敵国女王の登場に、トーコさんを見た捕虜たちは口々にわめき出したけれど、

先頭で案内役をしていたメイドのカナデが一言。

「うるさい」

ただそれだけで、一瞬で静まりかえった。

「……ねえスズハ兄。これってどういうこと？」

「えーっと、ウチのメイドは優秀なので牢屋番も兼任してるんですけどね。ぼくも後から知ったんですけど、最初の頃に捕虜たちが一斉に蜂起したらしいんです。それをカナデが一人で――」

「ぼこぼこにした」

ふんすとドヤ顔で胸を張るカナデ。

まあぼこぼこにしたというのは、さすがに言葉のアヤだと思うけど。

「ぼくが聞いた話だと、ある夜、カナデはたった一人で数百人の反逆捕虜を相手に戦って、一人残らずぶちのめしたそうですよ」

「えっへん」

「しかもどうやら、相当えぐい痛めつけ方をしたらしくて」

実際、普通に考えてメイドさんが数百人の兵士を一人でボコれるはずもないだろう。

ユズリハさんじゃないんだから。

だから大げさだとは思うんだけど、カナデがそう言い張るんだから仕方ない。

「へえ。スズハ兄、えぐい痛めつけ方ってどんな？」

「カナデ曰《いわ》く、相手の心をバキバキに折りまくり、二度と抵抗する気を起こさせないようプライドを根元から粉砕したらしいですよ」

ちなみに詳細は「メイドのひみつ」とやらで教えてくれなかったけど。

だからカナデが具体的になにをどうしたかは不明だけれど、分かっていることが一つ。

それは翌朝、見回りの兵士が発見したときには、捕虜のむくつけき男どもが一人残らず尻を守るように両手を当てて、怯《おび》えた子犬のようにガタガタ震えていたということである。

しかも全裸で。

「大事な人質ですし、荒っぽいことはしないようにと言ってありますけど、一斉蜂起して脱走しようとしたら仕方ないかなって」

「殺されないだけマシ」

「だよねえ」

だからこの件に関してぼくは、苦笑しつつもカナデを褒めたわけだけど。

ボクの話を聞いて、トーコさんは何事か閃《ひらめ》いたようだった。

「——それって結構、使えるかも」

「どういうことですか？」

「捕虜の顔を見てるとさ、ウエンタス公国の有力な貴族の当主とか次期当主とかがかなりいるんだよね。だからこいつらに徹底的にトラウマを植え付けちゃって、ウチの国に絶対逆らえないように、魂の奥底から調教しちゃえば……！」

「え？」

「だいたいスズハ兄のメイドにできたことが、スズハ兄にできないはずない……そうだよ、スズハ兄がどれだけとんでもなく強くて、その気になれば全員まとめて指一本でぷちっと潰せるんだぞって事実を、連中が泣き叫ぶまで魂にとことん叩《たた》き込めば……⁉　それいい、このメンツならウエンタス公国の貴族社会に十分すぎる影響力があるし、上手くいったら内部分裂まで期待できる……！」

トーコさんが何事かぶつぶつ呟《つぶや》いている。

恐らくだけど、とびっきりの陰謀でも思いついたんだろう。

だって凄《すご》く悪い顔してるし。

「ねえスズハ兄、ちょっとお願いがあるんだけど！」

「なんですか？」

聞くとトーコさんが少し考えて、

「今日から調印式で捕虜が返還されるまでの期間なんだけど、それまで毎日捕虜の前で、スズハ兄たちの訓練を見せつけてほしいんだよ」

「……はい？」

「スズハ兄ならどうせ、スズハやユズリハたちと訓練やってるんでしょ？　それを毎日、捕虜たち全員に余すところなく見せつけてほしいんだ。マッサージとかはいらないから、戦ってるところだけ大迫力でね！」

「それは別に良いですけど……？」

「あとはそうだね、デモンストレーションも入れてくれるといいかも。ユズリハのパンチ一発で大岩が爆砕したりとか、スズハの回し蹴りで大熊が空の向こうに吹き飛んだりとか。そうすれば、そんなバケモノ相手に無双するスズハ兄の強さもより際立《きわだ》つでしょ！」

「……えっと、分かりました？」

トーコさんの意図は分からないものの、一応はスズハとユズリハさんに聞いてみると、二人ともめっちゃ喰《く》い気味で承諾してきた。

二人とも単純に、書類仕事をせずに訓練ができる口実ができたのが嬉《うれ》しかったみたい。

というわけで。

その日から調印式までの間、ぼくたちは捕虜たちの前で訓練することになる。

なぜか捕虜のみなさんの顔色は、日に日に青ざめていったけれど。

ユズリハさんやスズハがとても楽しそうだったので、気にしないことにした。

3

その日もぼくが執務室で書類の山と格闘していると、なんだか上機嫌のスズハが入ってこんなことを言い出した。

「兄さん。湖に泳ぎに行きませんか？」

「湖？」

「はい。なんでも城の近くに素敵な湖があるんだって、トーコさんが教えてくれました。なんでも地中から湧いた温水でできた湖で、冬でも一年中快適な温度で泳げるみたいです。それに水着まで作ってくれるそうですよ」

「どうして水着まで」

「話すと長くなるのですが――そもそも停戦協定の調印式をした後には、出席者を集めたパーティーを開くみたいで、そのためにトーコさんがデザイナーを呼んでくれてたんです。パーティーの時に着るドレスを、わたしたちの分も新調しなくちゃいけないからって」

「ふうん」

貴族の世界とはそういうものとは理解しているものの、根が庶民のぼくにはどうしても勿体《もったい》ないという意識が働いてしまう。

　スズハのドレスなんて、サクラギ公爵家でやった凱旋《がいせん》パーティーで仕立てた良いやつがあるじゃないかとか。

　そんな兄の思考などお見通しらしく、スズハが恥ずかしそうに告げた。

「以前のドレスも着てみたんですが、胸元がぱつんぱつんになってしまって」

「…………」

「ドレスを仕立てたときよりも、胸のカップがおよそ三サイズほどアップしたようです。成長期だから仕方ないよってトーコさんたちも言ってくれましたが、あれを無理に着ると押さえつけられた胸が横にはみ出してとてもえっちな感じに」

「分かった。ドレスを新調しようね」

「ありがとうございます、兄さん」

　さすがのぼくも、妹に破廉恥な格好をさせるつもりは毛頭ない。

「それでドレスを新調するのに採寸するなら、水着も作ろうという話で盛り上がりまして。わたしたちの水着はオーダーメイドでなければ絶対に胸元が入りませんし、トーコさんがドレスと一緒に王室予算から都合してくれてタダとのことなのでいい機会かと」

「そりゃ随分と太っ腹だね」

「はい。代わりに兄さんを湖に誘えと言われて——もとい、せっかく水着を作るのだから泳ぎに行こうという話になりまして。それでどうでしょう、兄さん⁉」

期待を込めた瞳で見つめられても困る。

そんなこと言われても、答えは決まっているのだから。

「——ねえスズハ。この状況でぼくが行けると思う?」

「あっ……」

ぼくが書類の山を見回しながら嘆息すると、さすがのスズハも察したようだ。

ぼくと一緒に書類仕事をしているアヤノさんが手を止めないまま、スズハに顔を向けてニコリと笑った。とても怖い。

なんというか「行けるもんなら行ってみろコラ」というオーラを感じる。

それでもスズハはめげなかった。

まるで王国の最上位貴族直系長姫に「絶対に、絶対に勧誘成功させてくれ。失敗したら……分かっているな?」なんて脅されているかのように。

「で、ですが兄さん、息抜きだって大事なんですよ⁉　そうです、アヤノさんやカナデにうにゅ子も含めて、みんなで懇親会がてら出かけましょう!」

「だから無理だよ。捕虜のみなさんもいるし、気の早い来賓がいつ到着するかもしれない。

みんなで出かけられるわけないでしょ？」

「まったくです。――この書類の山の少しでも、閣下の妹君などに処理していただければこちらも余裕ができるのですがね？」

「誠に申し訳ございませんでした」

スズハがあっけなく全面降伏する。

ちなみにユズリハさんはともかく、トーコさんは書類処理の戦力になると思われるけど、さすがに女王サマをそんなことに使うわけにはいかない。

ていうかさすがに頼めない。

「というわけで却下だよ。アヤノさんが休暇に入るまでに、なんとか片付けないと」

「あれ、アヤノさんって休むんですか？」

そういえば、スズハに言ってなかったっけ。

「そうなんだよ。調印式と入れ違いで大事な用があるんだって。ねえアヤノさん？」

「申し訳ございません、閣下」

「いいんだよ。事情がなかったら、こんな優秀な人がウチで仕事してるわけないんだし。ウエンタス公国の偉い人が来るのと関係あるんでしょ？」

「……お察し戴《いただ》きまして大変助かります」

追及する気なんてないけど、ぼくは調印式の参加者にアヤノさんが絶対に会いたくないウエンタス公国最高幹部がいるのだと踏んでいる。

そうでなければアヤノさん自身が最高幹部の一人……そんなわけないか。

でもそうだとしても不思議じゃないほど、アヤノさんの仕事ぶりは優秀の一言に尽きる。

ここで余計なことを口にして、アヤノさんを逃すわけにはいかんのですよ。

主にぼくが書類漬けにならないために。

「ところで閣下。――ウエンタス公国の女大公は、わたしとよく顔が似ているんですが、お気になさらないようお願いします」

「そうなの？　ひょっとして、用事があるっていうのもその関係？」

「……詳しくは説明できないのですが」

「りょーかい」

アヤノさんは数日後、故郷であるウエンタス公国に里帰りするという。

それまでに少しでも仕事を片付けようと、ぼくは残業の決意を新たにするのだった。

4（トーコ視点）

深夜。ベッドに腰掛けるユズリハとトーコの前で、スズハが頭を下げていた。

「本当にすみませんっ……！　兄さんの勧誘に失敗してしまいました……！」

「……まあその状況なら仕方ない。とはいえスズハくんの兄上に、せっかくの新作水着を披露できないのは大変手痛いが……！」

「あれだけ仕事が溢《あふ》れてる状況じゃ、スズハ兄も遊びに行けないよねえ」

ユズリハが心底残念そうに肩を落とす様子に、トーコは苦笑するしかない。

もちろんトーコだって、凄く恥ずかしいのを我慢して布面積を限界ギリギリまで削った黒ビキニを新調したのに、なんて残念な気持ちは大いにある。

とはいえスズハの兄に自分のたわわに実りすぎたわがままボディを披露しなくて済んだ、その点では安堵《あんど》もあった。冷静に考えて恥ずかしすぎる。

ユズリハやスズハが勝負を仕掛けるなら、トーコだって参戦しないわけにはいかない。

けれどそうでなければたとえ命の恩人であっても——むしろ命の恩人だからこそ、顔から火が出るほど恥ずかしくなる性分なのだから。

「まあ結果的に、ボクが仕事を押しつけたようなもんだけどさ」

「そうだぞトーコ。お前が悪い」

「いやあ。ちょっと困ってるスズハ兄に、ボクが颯爽《さっそう》と現れて手取り足取り仕事を教えて、尊敬されようって下心もあったんだけどねー」

「今すぐ土下座してスズハくんの兄上に詫《わ》びるがいい。一生」

「それはさすがに長すぎないかな⁉」

　とはいえ、調印式の準備の件では収穫も大きい。

　一番の収穫はスズハの兄が平時の辺境伯としてもかなり優秀そうなこと、真摯《しんし》に仕事に取り組む姿勢を確認できたこと。

　辺境伯の地位を無理矢理押しつけたことは棚に上げるとして。

　スズハの兄を推した自分の目に間違いはなかったと、ほっと胸をなで下ろしているのが本音だった。

「本当は兄さんのお手伝いを、わたしができればいいのですが……！」

「無理でしょ。スズハ兄のやってる仕事って相当高度だよ？　まともに文官の知識もないスズハじゃ足手まといだってば」

「そういうことだ。いや、わたしも手伝いたいが、幼い頃から軍務ばかりでな」

「ユズリハは公爵令嬢なんだから、できてもいいはずなんだけどねえ……？」

トーコがジト目でユズリハを睨《にら》むが、もちろん本心ではない。

それにトーコは、ユズリハが公爵家次期当主にふさわしく、きちんとした政治的判断が下せることも知っている。

ただし性分の問題で、書類仕事と致命的に相性が悪いのだ。

トーコが肩をすくめて、

「まあいずれにせよ、水着の件はいったん保留だね。スズハ兄の性格だと、ここで無理に遊びに誘っても怒られる未来しかないし」

「そうせざるを得ないだろう。……しかし残念だ。湖の水辺で背中にサンオイルを塗ってもらいつつ、スズハくんの兄上がオイルのヌルヌルで手が滑ってわたしの胸を思いっきり揉《も》んでしまって、真っ赤になるハプニングなどもあっただろうに」

「なんですかその妄想は。──それにオイルを除いたら、いつもの兄さんのマッサージと一緒じゃないですか」

「ふん、分かってないなスズハくんは」

「というと？」

「わたしにスズハくんの兄上のようなマッサージは不可能だが、スズハくんの兄上の肌にオイルを塗ること程度ならできるわけだ。つまりはスズハくんの兄上と、塗って塗られてくんずほぐれつも可能ということっ……！」

「な、なるほどっ……！　さすが生徒会長ですね！」

「そうだろうそうだろう」

アホなことを言っている二人の会話を聞きながら、トーコはふと「そういえば二人とも、身分上はまだ騎士女学園の生徒なのよね」などと思い返した。

スズハもユズリハも、王立最強騎士女学園は現在休学中という扱いになっている。

現状では国防上、ウエンタス公国との国境防衛を実質的に担《にな》う唯一にして最強の戦力、スズハの兄とユズリハとスズハ——その三人のうち二人を王都に戻すなどという発想は、はっきり言ってありえない。

いずれは王立最強騎士女学園の分校をこちらに作って精鋭女騎士の持続的な育成なども計画しているが、まだまだ先の話である。

これからどうしようかなどとトーコが考えているうち、いつの間にかメイドのカナデと謎幼女のうにゅ子も部屋に入って、どんな水着がよりセクシーなのかが議論されていた。

「——しかし兄さんには、やはりストレートに布面積の少ないビキニが一番なのでは？」

「スズハくんの兄上は奥手だからな。意外にああいうタイプは、ワンピースタイプの方が反応がいい。カナデはどう思う？」

「……水着そのものよりもギャップが大事。だから毎日マッサージで肌を晒《さら》しているより、いつもメイド服でがっちりガードしているほうが有利になる。具体的には水着を着たとき新鮮さが出てギャップ萌《も》え」

「うにゅー」

……まあとりあえずアレだよね、とトーコは結論づける。

調印式が終わって、もう一度スズハの兄を泳ぎに誘えるころには、みんなの水着はもう一着ずつ増えているのは間違いなさそうだ。

もちろん自分を含めて。

5（ウエンタス女大公視点）

ローエングリン辺境伯の居城を出て数日。

偽造身分証で国境を通過し、その先にある小さな砦《とりで》の扉をくぐると、中にいた使節団の面々が一斉に頭を下げた。

アヤノはほうと息を吐き、外套《がいとう》を脱ぎながら問いかける。

「どうでしたか大臣？　わたしのいない間、元気にしていましたか？」

「おかげさまでなんとか……おや大公様。ちいっと見ない間に、ますます胸が平べったくなりましたかな？」

「サラシを巻いてるんですっ！」

貧乳で悪かったわね、とぷりぷり怒るアヤノだが、実際は平均をかなり――いや、多少下回る程度である。

ただし先日までいたのがあのローエングリン辺境伯の居城だったせいもあり、ついつい僻《ひが》みっぽくなってしまうのは仕方がないところだろう。

なにしろアヤノを除いた女性陣《ムスメども》の平均バストサイズは、伝説のクイーンサキュバスすら軽くぶっちぎっていたのだから。

後ろの方で随行員が「だ、大平原の小さな胸……ぷぷっ……！」と笑いをこらえるのを見つけたアヤノがキッと睨みつけていると、外務大臣が小さく咳払《せきばら》いをして我に返った。

そうだ。こんなことで時間を浪費している暇はない。

「大臣、現在の国内状況を教えてください」

「ウエンタス公国が停戦協定に同意を示して戦線を引き上げた後、大公様が一人で勝手にローエングリン辺境伯領へ潜入してからのことですが……別段変わっておりませんぞ？

ただし無理にでもローエングリン辺境伯領を攻めようという論調は、貴族の間でますます活発になっておりますが」

「そこは仕方ないでしょうね。ですが、調印式が終わって捕虜になっていた司令官たちが戻ってくれれば、貴族たちの世論はガラリと変わるはずですが」

「ほほう。それはなぜですかな？」

「捕虜になっていた貴族たちが、使い物にならなくなっていますから」

アヤノが重々しくため息をついて、

「本当にトーコ女王はえぐい策略を考えるものだと、いっそ感心しますよ」

「そ、それは一体どのような……ま、まさか、捕虜になった貴族たちのタマを一人残らず斬り落とすとかですかなっ⁉」

「んなわけがありますか……いえ、考えようによってはむしろ正解ですね。捕虜になった貴族たちの精神的なタマを、叩《たた》き潰すも同然ですから」

「い、一体なにを⁉」

「簡単ですよ。ローエングリン辺境伯と殺戮の戦女神《キリング・ゴッデス》――それに辺境伯の妹との訓練を、毎日毎日見物させられるのです」

「……ほ？」

外務大臣の顔がきょとんとする。

一体なにを言っているのだこのアホ大公は、そう思っているのが丸わかりだった。

もちろん、内心を読まれないことが重要な職務である外務大臣がここまで感情を露《あら》わにするのは、アヤノとは長年の付き合いでかつ身内しかいない場であることが大きい。

「訓練を見せてくれるとは……ひょっとすると、ローエングリン辺境伯が自らの手の内を明かしてくれるということですかな？　それならばむしろありがたいのでは……？」

「そんなチャチなものでは断じてありません」

「なにを言っているのか分からないのですが……？」

それも当然だろうとアヤノも思う。

自分だって、作業の合間を縫ってその現場をちょっぴりでも目撃しなかったら、まるで理解できなかったはずだと確信できた。

実際に目撃すれば、これほど分かりやすい話もないのだが。

「見れば分かります。ていうか、全力で分からせられるんですよ……自分たちがどれだけ絶対にケンカを売ってはいけない相手に、ケンカを売ってしまったのかを……」

「ほう……？」

「鍛え上げられた変種のオーガを数十万体斃《たお》したというのも納得……いえ、その頃よりもさらに強くなっていると確信する、圧倒的な訓練という名の暴力——！　迂闊《うかつ》に近づけば剣圧だけで真っ二つにされるだろう、城壁粉砕級の破壊力がただ小手先の攻撃で出まくる凄《すさ》まじさ——！

「…………」

「攻撃力も防御力も圧倒的すぎですよ……まあこちらの軍より、軽く見積もって百万倍は強いんじゃないですか？　って実力差を毎日毎日、魂に刻み込まれて分からせられたら、そりゃ本能レベルで全面降伏させられますから」

「……いくらなんでも……百万倍はいいすぎかと……？」

「じゃあ一万倍？　それとも十万倍でしょうか？　ていうか彼らがどれだけ強いかなんて、わたしたちじゃ測定不能なんですよね。地面に這《は》いつくばるアリに、空を飛ぶドラゴンの強さが測れないようなものですから——ですから百万倍ほどではないかもしれませんし、逆にそれより差があるかもしれません」

「……それは、大変に厄介なことですな……」

「そういうことです」

アヤノ大公から話を聞いた外務大臣が懸念《けねん》するのは、ローエングリン辺境伯の驚くべき強さについてではない。

むしろ、それ以前の問題。

腑抜《ふぬ》けになった当主や次期当主が戻って、ローエングリン辺境伯領へは攻め込まないと主張したら、確実に揉めるに決まっている。

なぜならば国に残った人間は、その凄まじい強さを理解していないのだから。

「反乱や内戦は……避けたいですな……」

「そうですね」

相づちを打ちながらも、恐らく難しいだろうなとアヤノは思った。

「……いずれにせよ、ローエングリン辺境伯領に潜入してよかったですよ。もう本当にね。情報収集を怠っていれば、我が国も極めて危なかったでしょう」

アヤノが続けて、

「これから数年で、大陸の地図は激変します」

「といいますと？」

「ローエングリン辺境伯にケンカを売った国は、消えてなくなるということです」

「……なんと……」

近くで観察していたアヤノにはよく分かった。

あの男とは絶対に、何があっても敵対してはいけない。

逆に言えば、こちらから敵対しない限りは善良で無害ということでもある。

なにしろ気質が庶民そのものなのだから。

こちらから仕掛けないのに宣戦布告してくることは、トーコ女王がけしかけたとしても不可能だと見ていいだろう。だから例えば――

「ローエングリン辺境伯領との国境線上に展開している兵士は、みんな撤退すべきです」

「それは……大胆ですな……」

「しかし合理的ですよ。彼ならたとえこちらが丸裸でも戦争は仕掛けてこないでしょうし、逆に戦争になれば兵士が百万人いても役に立ちません。いてもいなくても変わらないならただの無駄でしょう」

「やれやれ……それほどまでに強すぎるローエングリン辺境伯とそのお仲間には、なにか弱点はないのですかな？」

嘆くばかりでは仕事にならない。

外務大臣として当然の疑問を投げかけられたアヤノが、軽く頷《うなず》いた。

「ありますよ、弱点」

「それは……？」

「ローエングリン辺境伯は独身です。わたしの狙いはそこにあります」

「うん？」

　外務大臣がしばらく考えていたが、やがてぽんと手を打って、

「つまり大公様が、ローエングリン辺境伯とご結婚なさるわけですな」

「ちちち違いますよっっ⁉　あくまで、彼を倒せないまでもどこか別の領地に行かせれば、ウエンタス公国としては問題ないという話で――！」

「いやはや、言われてみれば納得ですなあ。ローエングリン辺境伯を大公様の配偶者に、もしくはいっそのこと、大公の地位を譲ってもいいですかな？　ローエングリン辺境伯は庶民出身ですから人気も出るでしょうし、戦争は無敵の強さですしな」

「わ、わたしが彼と結婚とかありえないですから！」

「どうしてですかな？」

「大臣は知らないでしょうが、ローエングリン辺境伯はトーコ女王とか殺戮の戦女神《キリング・ゴッデス》とか妹のスズハさんとかの、エルフ顔負けの超絶美少女な上にスタイルも女神級に抜群すぎるムスメどもが、虎視眈々《こしたんたん》とお嫁さんの座を狙いまくってるんですっ！」

「なるほど。自分のスタイルがコンプレックスと」

「違いますっっ！」

「ご安心なされよ。あの国では王族と庶民は結婚できませんしな、今は辺境伯だとしても

元が庶民出身となれば反発は大きいでしょう。それに妹とは結婚できませぬ」

「普通はそうなんですけどね……！」

トーコ女王もスズハも、なにかとんでもない秘策を巡らせそうで正直怖い。

まあそれはともかく。

「しかし大公様の話を聞く限りは、どうやってもローエングリン辺境伯と婚姻関係を結ぶ以外の選択肢は残っていないように思われますがな……？」

「それを言わないでください……！」

アヤノとて、それなりに優秀な政治家である自負はある。

そして状況を冷静に俯瞰《ふかん》したとき、それしか道はないのだろうなとは理解できるのだ。

「それとも大公様は、どうしてもローエングリン辺境伯がお嫌いですか？」

「いえ……むしろ一人の人間として、大変好ましいと思いますが。よくいる貴族のように傲慢でもないですし、仕事は真面目で優秀、手料理だってすごく美味《おい》しいですし……」

「なら問題ありますまい。よそに取られないうちに、調印式で探りを入れてみましょう」

「……そうですね……」

アヤノはこの砦《とりで》で影武者と交代し、大公として停戦協定の調印式に向かう。

そのとき、探りを入れる外務大臣の横でどんな顔をすればいいのか。

トーコ女王はともかく、スズハやユズリハがどんな顔をして自分を見るのだろうか——

そんなことを考えると、今から気が重くなるアヤノなのだった。

6

停戦協定の調印式が近づくにつれて、トーコさんが連れてきた人員たちも慌ただしさを増してくる。

そんなある日、アマゾネスさん二人が到着した。

前にもオーガの大樹海で一緒になった、総軍団長の双子である。

その二人が、調印式に招待した賓客の一番乗りとして来てくれたのだ。

名前はカノンさんとシオンさん。どっちがどっちか分からないのは秘密だ。

ぼくとユズリハさん、トーコさんで出迎えると、アマゾネスさん二人はぼくを見るなり恭《うやうや》しく頭を下げて。

「兄様《ターレン》。このたびは辺境伯へのご就任、誠におめでたく存じる」

「しかし兄様《ターレン》にとって、辺境伯程度の地位などまるで役不足であるのは確定的に明らか」

「そこで我々は考えた」

「兄様《ターレン》の許可さえあれば、今すぐにそこにいるトーコ女王を決闘にて斃したうえで堂々とドロッセルマイエル王国を乗っ取り、兄様《ターレン》を絶対国王とした我らアマゾネスの千年王国を樹立するのが、これ王道にして覇道ではなかろうか」

「「どう？」」

「いやいやいや、『どう』じゃないですよ⁉」

しばらくぶりに会ったけど、二人の冗談が大幅にグレードアップしていた。

ていうか現役女王を前に決闘だの国を乗っ取るだの、たとえ冗談でも絶対ダメだから。下手《へた》すれば今のでぼくは反逆者である。

トーコさんは引きつりながらも笑ってるので、大丈夫だと思うけど。

「すみませんトーコさん。本当になんて言ってよいやら……」

「い、いいんだよ？　スズハ兄がアマゾネス族の頂点と、きわどい冗談を交わせるくらい仲がいいのは、諸外国に対しても大きな手札だからね！」

「「冗談ではないのだが……？」」

「そ、それよりも今日のビキニアーマーは真っ白なんですね！　すごく似合ってます！」

これ以上余計なことを言われる前に、ぼくは話題を逸《そ》らすべく二人のビキニアーマーを褒めた。なんといってもアマゾネスの象徴はビキニアーマーだからね。

それに、以前出会ったオーガの大樹海では二人とも赤色のビキニアーマーだったので、白というのは初めて見たのだ。

するとアマゾネスさん二人は「えへへぇ……」と相好を崩して、

「似合っているだろうか……？　兄様《ターレン》の辺境伯就任記念式典だから、祝い事ということで白のビキニアーマーを新調した」

「いやいや⁉　やるのは停戦協定の調印式で、ぼくの辺境伯就任記念とか無いですよ！」

「しかし兄様《ターレン》。礼儀も知らぬ蛮族国との停戦協定などよりも、兄様《ターレン》の祝い事の方がよほど大事ではないのか？」

「停戦協定のほうが大事ですよ⁉」

「まあいずれにせよ、そちらも任せてほしい。もしどこかの愚かな国が、兄様《ターレン》との協定を破るようなことがあれば――」

「――我らアマゾネスが総力を挙げ地の果てまでも追いかけ回し、兄様《ターレン》を裏切ったことを地獄の底でたっぷり後悔させてやろう」

「言い方！　言い方がすごく重いですから！」

一度オーガの大樹海で一緒になって、変種のオーガを斃しまくった時一緒にいただけのぼくを相手に、真顔でこんな冗談すら言ってのけるアマゾネスさん二人だった。

これで世間では『男嫌いのアマゾネス族』とか呼ばれているのだから、ほんと世の中は分からないもので。

「あはは……アマゾネスのみなさんって、噂《うわさ》と違って本当に親しみやすい人たちですよね。ねえユズリハさん？」

「本当に驚くべきは、あの傍若無人なアマゾネスをここまでトロトロに蕩《とろ》かしてしまったキミだと思うが。なあトーコ？」

「全くだねー。まあスズハ兄以外の男が今みたいな感じで気軽にツッコミなんか入れたら、その場で鉄拳が振り下ろされるだろうね。ていうかアマゾネスに一撃食らったら、普通は当然即死なんだけどさ」

「え？　え？」

なんか世間だと、また態度が違うらしい。よく分からないよ。

＊

応接間でお茶を呑《の》みながらトーコさんとアマゾネスさんたちを交えて語らっていると、「ところで」とアマゾネスさんが切り出してきた。

「ひさびさに、兄様《ターレン》と手合わせ願えないだろうか？」

「我らアマゾネス、オーガの大樹海で兄様《ターレン》の偉大さを再認識したあの日から、兄様《ターレン》の役に少しでも立てるべく、より一層激しく鍛えに鍛えてきた」

「その成果を、今こそご覧いただきたい」

大げさすぎる修飾語はともかく、ぼくとしても手合わせすることに異論はない。

「いいですよ。じゃあ今から――」

「あー、それストップ！　ちょっと待って！」

腰を浮かせかけたところで、トーコさんから制止がかかった。

明らかにトーコさんを睨《にら》みつけるアマゾネスさん二人。

「なんだ。我らと兄様《ターレン》の手合わせを邪魔するとは命知らずめ」

「お前から血祭りに上げてやろうか」

「うっさいわね。――いいからその手合わせ、調印式の日にやってくんない？」

「なぜだ」

「そりゃ当然、スズハ兄の株を上げるためだよ」

「「くわしく」」

それからトーコさんがした話によると、要するに調印式後のパーティーの余興として、ぼくとアマゾネス族の手合わせを入れたいのだという。

アマゾネス族といえば、大陸全土にその名を轟《とどろ》かせる武人の集団。

そのアマゾネス族の頂点である二人との手合わせを参加者に見せたなら、ぼくの強さも大いに喧伝《けんでん》できるのではないか？　ということらしい。

「いやいや、ぼくなんて全然ですよ」

「スズハ兄はちょっと黙ってて——というわけでどう？　どうせ手合わせやるんならさ、諸外国の要人が見てる前でやってみない？　なんなら報賞も出すし」

「……いいかも知れぬ。我らアマゾネスが世間でどう言われていようがどうでもいいが、その評判が兄様《ターレン》の役に立つなら、これほど嬉《うれ》しいこともない」

「ふふっ……そして我らアマゾネスと兄様《ターレン》の親密ぶりもまた、大陸全土に喧伝することができるということか……」

「兄様《ターレン》の強さと、その横に並び立つのは我らアマゾネスのみ相応《ふさわ》しいと見せつけることができる……あい分かった、そのようにしようではないか」

「ありがとね。理解が早くて助かるよ」

というわけで。

よく分からないうちに、ぼくとアマゾネスさん二人の試合を、調印式後のパーティーでやることになったのだった。

7

話の途中で「そういえば」と思い出して、控えているメイドのカナデにお願いした。

「カナデ、オリハルコンを持ってきてくれないかな？　お土産に渡したいんだけど」

「「ぶ――――っ‼」」

「あー。キミならひょっとして万一やるかもとは思ったけれど、まさか本当にやるとは。まったく度量が広いというかなんというか……」

「スズハ兄らしくはあるけどね！」

なぜかアマゾネスさん二人がお茶を噴き出し、ユズリハさんとトーコさんが呆《あき》れ半分、感心半分という顔をする。

そんな中、カナデはなぜかメイド服の胸元に手を突っ込むとゴソゴソと動かして。

「こんなこともあろうかと用意していた。はい」

「準備がいいね――って、どこにしまっておいたのかなあ⁉」

「たにま」

どこの谷間なのかは、さすがに聞くのが憚《はばか》られた。

こぶし大のオリハルコン鉱石二つを袖口で拭い、何事もなかったようにアマゾネスさん二人に一つずつ渡すと、二人は「ほわぁ……！」というキラキラした目でオリハルコンを眺めたり光に当てたり擦《さす》ったりしていた。

やがて、自分たちが宝物を与えられた子供みたいだと気づいたアマゾネスさん二人が、コホンと咳払《せきばら》いを一つして。

「『こんな大事なモノはもらえない』」

「いえいえ、そう言わずにぜひ貰《もら》ってください。こんなのならいくらでもありますから。ねえユズリハさん？」

「ああ……まったく信じられないことだが、ローエングリン辺境伯領にはオリハルコンのクズ鉱石というものが存在するのだ……普通ならどんなクズ鉱石でも、オリハルコンなら国宝級になるはずだが……」

ユズリハさんが大げさな説明をする横でトーコさんも一つ頷《うなず》いて、

「ていうか、スズハ兄のことだからどうせ、招待客のお土産に一つずつ持たせようなんて思ってたでしょ？」

「そうなんですよ。この領地だと喜んでもらえそうな土産物とか美味《おい》しい食べ物とかって見当たりませんし、こんなクズ鉱石いくらでもあるんですけどオリハルコンならそれでも珍しいらしいので、ちょうどいいかなと」

「というわけだから、気にせず貰っていいんじゃない？」

そう言ったら、アマゾネスさん二人にえらく感謝された。

なんでもオリハルコンは伝説にして幻の金属だから、鉱石のかけらみたいなのでも十分ありがたいのだとか。

それならば、こんな辺境へ来たお土産に持って帰ってもらうのに、ちょうどいいだろう。

ぼくがそう確認すると、トーコさんが「キミがそれでいいなら」と頷いた後。

「これで、ボクがせっかく招待してあげたのにチャンスを逃したアホな国の連中どもが、悔しさで地団駄踏む姿が目に浮かぶよ……ククク……」

なんて言いながら、とても悪い顔でニヤニヤしていた。

＊

その夜、就寝前にメイドのカナデを呼ぶと、メイド服ではなくネグリジェ姿だった。

ていうかメイド服以外の格好を初めて見たかも。

「ごめんね、寝る前に呼び出して」

「べつにかまわない。よとぎ?」

「違うから」

「ちっ」

カナデが何を期待していたのか不安になるけど、それはさておき。

「カナデも知っての通り、ここで停戦協定の調印式が行われるんだけど」

「うん」

「ひょっとしたら、この機会にどこかの国のスパイだとか暗殺者だとか、招待客に紛れて忍び込もうとするかもしれない」

「うん」

「カナデは優秀なメイドだから、この城で忍び込まれそうな場所か、隠れやすい場所か、他にも気をつける点なんか気づいたら教えてほしいなって」

なにしろカナデはローエングリン辺境伯領の奪還作戦で、各都市司令部の天井裏情報を仕入れてきた実績を持っている。

つまりスパイ的な意味でも、天井裏情報に対する実績は飛び抜けていた。

なおかつカナデはウチのメイドで、つまり毎日お城の隅々まで掃除しているわけで。

そんなカナデにレクチャーしてもらえば、間者対策は万全だと閃《ひらめ》いたのだ。

ぼくが話を振ると、カナデはぱあっと顔を輝かせて。

「ご主人様。──カナデのこと、頼りにしてる？」

「もちろんだよ。いつもすごく頼りにしてるし、今回は特にね。なにしろ内容がカナデの専門分野だからさ。だから、」

「まーかせて」

「えっ？」

「お城のそうじはカナデの仕事。ご主人様のメイドの誇りにかけて、カナデはかんぺきにそうじしてみせる。だからご主人様は大船に乗った気持ちで任せてほしい」

「うん。それはありがたいんだけど、掃除とは別に天井裏の情報なんかを──」

「まーかせて」

「……はい」

カナデは自分の豊かすぎる胸を叩《たた》きつつ、親指を自分に向けて任せてほしいアピールをしてくる。

メイドさんたるもの、屋根裏とか掃除とかいう単語には反応せざるを得ないのだろうか。

ぼくとしては警備の参考に、死角とか隠れる場所になりそうな情報があれば、いろいろ教えてほしかっただけなんだけど。

「それってカナデが、忍び込まれそうな場所を封鎖してくれるってことでいいのかな?」

「それもやる。それ以外もやる。できるメイドは忙しい」

「そっか、ありがとう。でももし手が回らなかったり、やっぱり難しそうならぼくにすぐ教えてね?」

「まーかせて」

よく分からないけど、カナデがもの凄《すご》くやる気になっているのに水を差すのは忍びない。

式典が無事終わったら、特別ボーナスでも考えておこう。

8

そしてやってきた調印式の日。

トーコさんは本当に大陸中に招待状をばら撒《ま》いたらしく、様々な国の賓客がやって来た。

ぼくもトーコさんと一緒に挨拶なんかをして回るハメになったんだけれど、その相手がとにかくバラエティーに富みすぎていて。

「トーコさん。ちょっと聞いて良いですか?」

「んー、なにかな？」

調印式の前、会場での挨拶ラッシュが少し途切れたタイミングでトーコさんに聞いた。

「なんだか相手の身分が、あまりにバラバラすぎると思うんですけど？」

「んー、そう？」

「そうですよ。だいたいの国だと普通に外交官ですけど、中には王族とか皇太子なんかが来ている国も少しありますし、そこまでじゃなくても大臣クラスが来ている国だって結構ありますよね？」

「うんうん」

「逆に外交官を名乗ってはいるものの、いかにも下っ端《したぱ》というか儀礼的に人員出しただけみたいな国もありますし、露骨に内情視察メインみたいな国もあるしで……トーコさん、いったいどんな招待状出したんですか？」

「んふふー、さすがスズハ兄はよく観察してるね」

ぼくが問いかけると、トーコさんがまるで自分のイタズラの種明かしをするかのように、ニンマリとした笑みを浮かべた。

「これこそが、今回のボクの作戦のキモなんだよ」

「……はい？」

「どんな立場の人が来ても言い訳が立つような文言で招待状を出して、実際どんな人間が来るのか、それとも欠席するのかを、じっくり観察しようって魂胆なのさ。文言考えるのかなり苦労したんだよ？」

「はあ」

「調印式をスズハ兄の居城でやったのもそう。いろいろ言い訳つけたけどさ、ただ各国にウチの国が戦争で実質勝利したこととか、ウチのスズハ兄を見せつけたいとかだけなら、ボクの城でやってるよ？　その方が人が格段に集まりやすいし、ウエンタス公国にそれを拒絶できる力はもはや無いしね」

「ぼくを見せつけたいってのは意味が分かりませんけど……じゃあなんでこの城で？」

「選別だよ、選別」

「……選別ですか？」

「そう！　今をときめく時代のキーマン、スズハ兄と会える絶好のチャンスを前にして、どれほど積極的に動けるのか。自国のどんな人間を派遣するか。どれくらい大陸の情勢を分析できて、情報をきちんと収集できているのか。――それがこの調印式に来た人間で、一目瞭然になるってこと！」

「……へえ、そうなんですか」

トーコさんの考えは遠大すぎて、ぼくにはよく分からないことが分かった。

ぼくが首をひねる様子に、トーコさんも察してくれたようで。

「まあスズハ兄には、そこら辺の機微はちょっと難しいかな？」

「ですねえ。庶民はそんな遠回しなこと考えませんから」

「──まあそんなことより。ボクは、スズハ兄に謝らなくちゃいけないことがあるのさ」

「なんです？」

「お鮨《すし》だよ、お鮨」

「あー……」

ぼくがローエングリン辺境伯にさせられた時、ぼくはトーコさんに「お鮨の食べ放題」という条件で騙《だま》されたのだった。

そしてそのお鮨食べ放題は、未《いま》だ達成されていない。

ぼくとしては貴族になんてさせられるわ、余計な仕事ばかり降ってくるわ、それなのにお鮨は食べられないわでまさにトリプルパンチであった。

そんな状況をトーコさんも十分理解しているようで、ぼくに向かって拝むように両手を合わせて。

「いやホントにさ、ガチでごめん！　準備は進めてるんだけど、職人の選定がどうしても時間がかかって！」

「あー、確かにもの凄い辺境ですもんね……でもその分、水もお米も美味しいんですけど。ですから、行っても良いぞって言ってくれる職人さんが、一人くらいならいてもいい気はするんですけどね？」

「……いや、えっと……そこら辺で行っても良いって言う職人さんはいるとは思うけど、スズハ兄と気が合いすぎる可能性が高くて危険というか……」

「え？」

「ううん、なんでもない」

トーコさんの言葉はよく聞こえなかったけれど、いろいろ事情があるみたいだ。

「仕方ないですよ。じっくり待つことにします」

「ホントごめん！　その代わり今日は、調印式後のパーティーで王都から美味しいお鮨を用意させてるから！　スズハ兄とユズリハたちとの手合わせが終わったら、二人で一緒にお鮨食べようね！」

そうなのだ。

アマゾネスさん二人との手合わせは結局、スズハとユズリハさんも加わることになり。ぼくを含めた五人でのバトルロワイヤル形式になったのだった。

「それで注意というかお願いなんだけどね、スズハ兄には徹底的に暴れてほしいんだよ。もう他の四人を完璧にボコボコに叩きのめす勢いで」

「……というと？」

「考えてもみてよ。この停戦協定はスズハ兄がウエンタス公国から勝ち取ったものだし、調印式もスズハ兄の居城。つまり今日の主役はスズハ兄ってことなわけ」

「初耳なんですが……？」

「初耳だとしても、間違いなくそうなの。その主役が余興でアマゾネスやユズリハたちと手合わせするってことは、これはもうスズハ兄にボコ勝ちしてもらって、新しい辺境伯はこんなに強いんだぞーって喧伝《けんでん》するためのものに決まってるのよ。もちろんこのことは、他のみんなも承知してるから！」

「まあ理屈の上ではそうなるんですかね……」

「というわけで、今日の模擬戦はいつもみたいに手加減しないこと。もう死なない限り、徹底的にボコボコにしちゃっていいから。そのための治療班もバッチリ待機させてるから心配しないで！」

なんだか公衆の面前で女子をボコれと言われてるようで気が進まないけれど、とはいえトーコさんの言っていることは分かる。

スズハはともかく、アマゾネス族もユズリハさんも、大陸にその名を知らぬ者のいない武の達人なのだ。

それを利用してぼくの知名度を押し上げ、ひいてはトーコさんの治世に役立てようと、まあこういうわけなのだろう。

「まあ、みなさんも承知しているなら……」

「大丈夫。そこら辺はバッチリだから！」

「分かりました。——そういうことなら、ぼくもできる限り本気で、ユズリハさんたちを倒すフリをしてきます！」

「……どうせまたヘンな思考回路を辿《たど》った結果、なんだか分からない結論になったんだと思うけど、普通に勝ちまくってくれればいいからね？」

みんなが承知しているということなら、つまりは限りなくマジな手合わせに見せかけた八百長《やおちょう》の話し合いはもう付いているということなのだ。

いくらなんでも、アマゾネスさん二人とユズリハさんが本当に本気になったりしたら、ぼくなんてひとたまりもないからね。

9（トーコ視点）

停戦協定の調印式も無事終わり、裏では慌ただしくパーティーの準備が進んでいる。

そしてパーティーの開始までの余興として、中庭ではスズハの兄とアマゾネス軍団長の二人、そしてユズリハとスズハによる手合わせが行われていた。

手合わせはバトルロワイヤル形式。

本来は最後まで生き残った者が勝ちという形式だが、実力差がありすぎるので必然的に一対四の対戦形式になっている。

スズハの兄を取り囲んだ四人が一斉に、あるいは時間差で攻撃を仕掛けていく状況だ。

「……しっかしみんな、いくらなんでも気合い入りすぎでしょ？」

最前列の特別席でトーコが呆《あき》れながら戦いの様子を眺めていると、すぐ横に座っているウエンタス女大公のアヤノが声を掛けてきた。

「それだけみなさん、譲れないものがあるということでしょう」

「まーそうかもだけど……ああ、今回は悪かったわね。こっちの都合で、調印式にこんな辺境まで来させちゃったけど」

「いえ。こちらは敗戦側ですし、捕虜を連れて帰る必要もありますから当然かと」

「それにしても、調印式にアヤノ大公が自ら来るとは思わなかったけど？」

「来るのが当然でしょう。今回は負けましたけれど、それでもドロッセルマイエル王国の秘密兵器の国際舞台デビューにわたし自ら参列しないほど、感覚を鈍らせているつもりはありませんよ？」

「まあアヤノ大公なら当然だよねー。ちなみに招待状を送っても外交官どころか、断りの手紙すら返さないバカな国も結構いたんだけどさ！」

「それはよっぽど外交センスが無いのか、それとも情報収集能力が壊滅的なのか……まあわたしも、他人のことは言えませんが」

スズハの兄を軽視した結果、手酷《てひど》いしっぺ返しを喰《く》らった被害者リストは、少なくとも国外ではウエンタス女大公が一番上に掲載されるに違いない。

実感が籠《こ》もりまくったアヤノの嘆きに、さすがにトーコが顔をこわばらせていると。

「そういえば、このバトルロワイヤルは賞品がかかっているそうですね」

「へ？　なにそれボク知らない」

「試合をする前の、アマゾネスの二人と殺戮の戦女神《キリング・ゴッデス》の会話を小耳に挟んだのですが――なんでも一本取った者が、ローエングリン辺境伯から祝福のキスを貰《もら》えるとか」

「それかぁぁぁぁ!?」

やたらと気合いが入っている理由が分かった。

つまりはみんな、スズハの兄から祝福のキスが欲しくて、あそこまで滅茶苦茶《めちゃくちゃ》気合いが入りまくっているのだった。

焦《あせ》りまくるトーコの様子に、アヤノが小首をかしげて聞いた。

「どうしたのですか？　トーコ女王の提案した『報賞』だと言っていましたが」

「そんな報賞だったらボクが欲しいよ!?　——もとい、そりゃ確かにボクは調印式の日にみんなの前で手合わせすれば、報賞をあげるよとは言ったけどさ！　報賞がスズハ兄とのキスだなんて言ってないし！」

「じゃあ報賞はなんと？」

「それは……確かに決めてなかったけど……！」

「では話が盛り上がるうちに、いつの間にか報賞がそうなったのでしょう。最初に報賞をはっきりさせておかなかったトーコ女王にも責任がありますね」

「ううう っ……んなアホな……」

スズハ兄になんてお詫《わ》びしよう、とトーコが頭を抱える。

そりゃあスズハ兄なら「勝利には祝福のキスが付きものだ」とかなんとか言っとけば、

簡単に丸め込めそうな気もするけどさあ！

そんなトーコの様子に、アヤノが再び小首をかしげて。

「トーコ女王は、いったい何を心配しているのです？」

「そりゃするよ⁉　だっていきなり我が物顔でキスを迫られて、それがボクからの褒美《ほうび》だなんて言われたら大問題だよ！」

「そうではなく。──まさかローエングリン辺境伯が、四人のうち誰かから一本取られる可能性があるとでも？」

「あ……！」

あまりに慌てていたので忘れていた。

そういえば、今日は──

「スズハ兄に、あいつら纏《まと》めてボコボコのケチョンケチョンにぶちのめしまくってくれ、って言ってたんだっけ」

「……そんなエグい指示出してたんですか。本気でドン引きです」

「誤解だよ！　みんなにスズハ兄の強さを見せるために仕方なくだよ！」

「ちなみに、アマゾネスたちの方へは何か指示を？」

「うんにゃ。そっちには何も指示出ししてない」

「だったらローエングリン辺境伯の完全勝利は揺るぎありませんね。大人しく見ていればよろしいのではないかと」

「言われてみれば、確かにそうだわ……」

10（ユズリハ視点）

正直言って、ワンチャンいけるとユズリハは思っていた。
なにしろ四対一だ。
しかもこっちは、ユズリハとスズハ、アマゾネス軍団トップの二人。
下手《へた》したらこの大陸で二番目から五番目まで強い人間が揃《そろ》ったままである。
そんなオールスターが、たった一つの目的のために、私欲を捨てて連係するのだ。
それなのに——！
「なんでキミに、一本も入れられないんだあっ——‼」
そう叫びつつ、スズハの兄の右斜め四十五度から剣を振り下ろす。
もちろんフェイントだ。
本命は、アマゾネスたちが背後からぶちかます、上下二段構えの薙《な》ぎ払い……

と見せかけて、実はスズハがムーンサルトから十メートルの高さで振り下ろす、渾身《こんしん》の短剣突きだった。

そのどれもが、最上位騎士でもまず絶対に避けられない必殺の一撃。

こんな攻撃の標的になったなら、ユズリハ自身まず間違いなくやられるに決まってる、まさに地獄の連係プレー。それなのに。

「くうっっ!?」

ユズリハの一撃は、スズハの兄の右手であっさり防がれた。

そしてアマゾネスの攻撃は両足で、スズハの一撃は左手で受け止めて。

まるで手足が四つあるのだから、四人の攻撃を受け止めるには十分だと言わんばかりに。

次の瞬間、攻撃を仕掛けた逆方向に、凄《すさ》まじい力で叩《たた》きつけられ。

一瞬で四人とも、地面に叩きつけられていた。

「ううっ……キミ、今日はいつにも増して、容赦がなさすぎるぞ……！」

おおむね予想は付いている。

きっとトーコのアホが、スズハくんの兄上に余計なことを言ったのに違いないのだと、ユズリハは思った。

今日は手加減せずに、徹底的に叩きのめせとかなんとか。

そりゃユズリハにだって理屈は分かる。

自分やアマゾネス相手の四対一で戦えること自体、もう常識の埒外《らちがい》でしかないのだが、それでも善戦するより圧倒した方が、より強さは際立《きわだ》つだろう。

けれどトーコはアホなので分かってないとユズリハは断言する。

――スズハくんの兄上に「手加減するな」と言ったとき。

それが、どれほどの惨状を引き起こすのかということを――

「あっ……！」

ユズリハの目の前で、アマゾネスの二人が動いた。

打ちのめされた回数は、百回をゆうに超えている。

体力も精神力もボロボロだった。

最初から四人で連係して、それなのにまだ一撃も入れられていない。

なのにたった二人の連係で一撃を狙うなぞ、無理にもほどがあるように見えたが――

「そうか。その手があったか……！」

ユズリハには分かった。

限界を悟ったアマゾネス二人は、最後の一撃を入れに向かったのだ。

もちろんそれが、スズハの兄に届かないことなど百も承知。

けれど狙いはそれではない――！
鍛錬した自分の、今できる最高の一撃を見せることでスズハの兄に、「よくやったね」とか言われて頭をナデナデされたり、あわよくば頑張ったねのキスすら頂戴しようという、もはやトーコの言っていたご褒美とか関係なしに、望んだ結果を強引にもぎ取ろうとするアマゾネスの考えた頭脳プレーなのだ――‼

「ユズリハさん！」

「！」

ユズリハが呼ばれた方に振り向くと、そこにはアマゾネス最後の一撃など目もくれず、自分を真剣に見つめているスズハがいた。

その目が雄弁に語っていた。

――あれ、アリですねと。

――わたしたちも同じことをしませんか、と。

もちろんユズリハには女騎士のプライドがある。殺戮の戦女神《キリング・ゴッデス》と呼ばれた矜持《きょうじ》がある。

だから、答えは一つしかなかった。

「ああ、もちろんだ――！」

やってやろうじゃないかと思った。

最後に自分たちの見せられる、最高の一撃を繰り出せば、きっとアイツは驚いてくれる。

あとは全力でおねだりすれば、頭ナデナデはいけるはず。

ひょっとしたらキスだって、ぎりぎりワンチャン、アリかもしれない――!

……そうしてアマゾネスの二人とユズリハ・スズハのコンビは、それぞれ最後の攻撃を仕掛けて。

もちろんそんな欲望にまみれた攻撃が、スズハの兄に通用するはずもなく。

四人とも、打ち上げ花火よろしく空高くまでぶっ飛ばされて、手合わせはスズハの兄の完全勝利で終わったのだった。

11

その後、各国からの賓客を集めたパーティーもつつがなく終わり。

賓客のみなさんを客間へと案内し終えて、ホッと一息つく。

本来ならばその後に、ささやかながら身内だけの打ち上げを予定していたのだけれど、手合わせで頑張りすぎたのかアマゾネスさんの二人とユズリハさんにスズハの四人とも、みんな医務室で横になっている。

事情を知っているぼくですらびっくりするほど、鬼気迫る迫真のやられっぷりをみんな披露してくれたからね。ゆっくりと休ませてあげたい。

そんなわけでぼくが、片付けを終えて灯《あか》りを落としたパーティー会場を、最後に一人で見回っていると。

「ああスズハ兄、こんなところにいたんだ」

「トーコさん？　なにかありましたか？」

「ううん。ボクがただスズハ兄を探してただけ」

トーコさんはパーティー用のドレスを着たままだった。

胸元が大きく開き、トーコさんの規格外にもほどがあるスタイルを惜しげもなく晒《さら》した姿はまるで女神みたいで、ちょっとどころではなく心臓に悪い。

ぼくの方に歩いてくるトーコさんのドレスに薄暗い星灯りが反射して、まるでお伽噺《とぎばなし》に出てくる妖精みたいに映っているならなおさら。

「スズハ兄、今日は本当にありがとうね」

「いえいえ、とんでもないですよ。ぼくの方こそトーコさんのおかげで、なんとか無事に終わることができました」

「──今だから言っちゃうけど、ボクもいつかのユズリハみたいに、パーティーの最中に命を狙われるかもって思ったんだけどね？」

「そこはきちんと対策しましたよ。ウチのメイドも張り切ってましたし」

「……メイドが？」

「カナデの仕事は信頼できますよ。結局、どこかのスパイや暗殺者が忍び込んだりとかはなかったみたいですけどね」

さっきカナデに確認したけど、そんな報告も受けなかった。

カナデはとても優秀だし、それに事前の対策もばっちりしたから、本当にスパイなんて来なかったのだろう。

まあその代わりに「お城に忍び込もうとしたごきぶり、いっぱい叩き潰した。ほめて」と言っていたので、カナデの頭をワシワシと撫《な》でておいたのだけれど。

「それにトーコさん、本当に襲われたらどうするつもりだったんですか」

「そのときはスズハ兄が助けてくれるでしょ？」

「……そりゃ助けますけどね？」

「王城に囚《とら》われていたボクですら助けてくれたスズハ兄だもん。パーティーで命を助けるなんて、スズハ兄にとっては楽勝でしょ？」

「毎回助けられるとは限らんのですよ……」

「あはは。キミに助けられないような状況なら、それはもう天運だね。そのときはボクもきっぱり諦めるよ」

ひとしきりクスクス笑うと、トーコさんがぼくの目を見た。

それは、とても真剣な目で。

まるでこれから一世一代の告白でもするような、そんな覚悟を持った瞳で。

「――スズハ兄。ボクはずっと、ずっと言いたくて言いたくて仕方なかったんだよ」

「……なにをですか？」

「王女とか女王とかじゃなくて、一人の女の子として――ボクを救ってくれたことのお礼」

そんなのおかしいと思う。

だってトーコさんはいつだってぼくにお礼を言ってくれるし、クーデターの時のこともぼくが恐縮するくらい感謝してくれた。

けれど、そんなぼくの心を見透かしたように、

「違うんだよ。あの日、ボクはスズハ兄に『トーコ』って呼ばせることで、ボクのことを一人の女の子として扱うように強要した」

「はい……」

「でもさ。そんなコト強要できる時点で、それってもう女王としての立場から見てるんだよね。戴冠式の時も、即位式の時もずっと——ボクは女王として、スズハ兄に接してた」

「それは……当然でしょう」

いついかなる時も、たとえどんなに親しげに振る舞っていても。

他人とは厳然とした一線がある。

それが一国の王であるということなのだから。

そしてそんなことは、もちろんトーコさんは承知していて。

「それはいいの。ボクが選んだ道だもん」

「…………」

「でもね。今は、今だけは二人きりだから——名前で呼ばせて?」

そしてトーコさんは。

初めて、ぼくの名前を呼んで。

「——ボクの命を救ってくれてありがとう、今までボクのこと、支えてくれてありがとう。そしてこれからも末永くよろしくお願いします——」

ぼくのほっぺたに突然キスをして、そして。

「――大好きだよ」

ぼくを、ふわりと抱きしめた。

目の前に、星灯りの反射したトーコさんのドレス姿が浮かぶ。

トーコさんのトロフワなのに弾力のある二つの膨らみが、ぼくの身体《からだ》に押しつけられる。

「気にしちゃダメだよスズハ兄。これはね、友情の大好きなんだから」

トーコさんがどんな表情をしているのか、抱きしめられているので分からなかった。

「ボクはさ、ユズリハと奪い合いとか絶対嫌だし、王族は庶民と結婚できないし、貴族になった元庶民と結婚するにしても前例がないし、スズハが義妹《いもうと》になったら絶対すごく面倒くさいし――」

「…………」

「でもね、でもね、それでもボクは、キミのことが――！」

ぐうううううう――

地獄から響くようなその音がいったい何なのか、理解するのに数秒かかった。

つまりそれは、トーコさんのお腹《なか》が鳴ったということで。

「……え？　今のひょっとして、腹の虫……？」

「わ、わわわわっ、忘れてええええっっ‼」

パッと飛び退《の》いたトーコさんの顔は、羞恥で真っ赤に染まりまくってて。

ああ、いつものトーコさんに戻ったんだなって分かった。

「だって仕方ないんだよ⁉　調印式もパーティーでもずっと忙しくて、今日一日食べてるヒマなんてなかったんだもん！」

「それでも、パーティー中にお鮨《すし》をつまむヒマくらいあったでしょうに」

「だって！　スズハ兄と一緒に食べようねって約束してたのに、タイミングがまるっきり合わなかったんだから！」

「なるほど。それは完全にぼくが悪いですね」

「むーっ！　スズハ兄がボクのことバカにしてる！　ボク女王なのに！」

そう言って、頬を膨らませて不機嫌アピールをするトーコさんの姿に。

ぼくはいつまでも、笑いが止まらないのだった。

4章　反乱と殲滅《せんめつ》、そして凱旋《がいせん》パレード

1

停戦協定の調印式が終わって、各国からの賓客もそれぞれの国へと戻り。

最後にウエンタス公国のご一行が帰ってしばらくした後、アヤノさんが戻ってきた。

つまりは日常に戻ったということだ。

「それでトーコさんは、いつ頃までこっちに？」

「さすがに戻らなくちゃマズいかなー。これ以上いたらサクラギ公爵に怒られちゃうし、オリハルコンとか彷徨える白髪吸血鬼《ホワイトヘアード・ヴァンパイア》の調査だって、一度戻ってから本腰入れて指示出ししないとねえ？」

「なるほどですね。ユズリハさんは？」

「んっ？　いいやキミ、わたしのことは気にしなくていい。キミの側《そば》にいて大丈夫だと、父上からもお墨付きを貰《もら》っている」

「それはありがたいですけど……」

ユズリハさんだって、王国の重鎮たる公爵家の次期当主のはずなんだけどな。

まあぼくが口を挟むことじゃないけど。

ぼくが首をかしげていると、スズハがニコニコしながら口を開いて、

「兄さんとの鍛錬も、いつも通りに戻せそうですね！」

「そうだね。調印式も無事終わったし、アヤノさんも戻ってきてくれたから、ちょっとは余裕ができそうだね」

「やりました！」

スズハが大げさにガッツポーズしていると、メイドのカナデがすすすと寄ってきて、

「……カナデも訓練に参加したい」

「えっ？」

「カナデ、頑張っていっぱいそうじした。だからご褒美《ほうび》がほしい」

「そうだね。仕事を頑張ってくれたご褒美をあげなくっちゃ——でもカナデはそんなのでいいの？　もっとこう、お金とか休暇とか——」

「むしろどんとこい」

「カナデがいいならぼくもいいけど……」

「やたっ……！」

ぼくとの訓練がなんでそこまで嬉《うれ》しいのかはともかく、年少組の二人が喜んでいるのを微笑《ほほえ》ましい感じで眺めていると。

背中を突《つつ》かれて振り返るとそこには、おねだり顔のユズリハさんが。

「……なんでしょうか？」

「あー。わたしはキミの相棒であるからして、なにかキミに協力したからといって対価を要求するような品のない女ではない。ないのだが——！」

「ないのだが？」

「ないのだがしかし——！　そこはホラ！　魚心あれば水心というではないか——！」

「魚が食べたいんですか？　じゃあ今日はお刺身にしましょうか」

「わあい」

それでいいのか公爵令嬢。

とはいえ、こちとら名ばかり辺境伯なので、バリバリの公爵令嬢であるユズリハさんをどうやって満足させればいいのかよく分からない。

とはいえ滅茶苦茶《めちゃくちゃ》お世話になってるのも事実なので、王都へ帰るときにはお土産として山ほどミスリルやオリハルコンを持たせてあげたいと思う。

「ねえねえスズハ兄。ボクはー？」

「トーコさん？」

「スズハ兄にたくさんお土産もらったけど、ボクのカバンはまだ若干の余裕があるよ？　あと欲を言うなら、王家とか女王に対するものじゃなくてさ、スズハ兄からボク個人へのお土産が欲しいかなーって――」

「ちょっと待った。トーコは今回、ただ女王としての仕事をこなしていただけじゃないか。なぜスズハくんの兄上から追加報酬を得ようとしているのだ？」

「そんなことないよ！　ボクだって頑張ったもん！」

「そうなのか？」

「そうだよ！　具体的には、ウエンタス公国に返した捕虜を使い物にならなくしたり！」

「えっ……そうなんですか？」

それは――どうなんだろうか？

考え込んだぼくに気づいて、ユズリハさんが聞いてきた。

「どうしたキミ？」

「いえ。もし捕虜が使い物にならなくなった、というのが事実だとすると――また戦争が起きかねないかもって」

「なに？　どういうことだ？」

あれは確認こそできなかったものの、どこかの国の兵士が横流しに絡《から》んでいたに違いない。

——要するに、問題は辺境伯領で発覚した、ミスリル鉱山の横流しなのだ。

ユズリハさんとトーコさんに、アヤノさんまで興味を示してきたので説明する。

「わたしも興味がありますね、閣下」

「ボクも聞きたい」

一番あり得そうなのは、国境を挟んだウエンタス公国で。

「ミスリル鉱山は横流しが発覚したので、今後はもう不正するのは不可能です。その上で、停戦協定でかなりの負担がかかったとしたら……」

「ミスリル鉱山を奪い取ろうと再度戦争を仕掛けてくる——か？」

「ええ。捕虜の司令官が使い物にならなければ、ジリ貧が急加速します。指揮官の育成は本当に時間も金もかかりますからね」

「ねえスズハ兄。ひょっとして、ウエンタス公国全体が横流しに絡んでいる？」

「それは無いでしょう。もしそうなら、停戦協定をそのまま呑《の》まないでしょうから」

「ふむ……」

ユズリハさんたちが考え込んでいる。

まあそういう可能性もある、という程度の話なんだけどね。それに。

「とはいえ、ウエンタス公国のアヤノ大公は優秀らしいので、大丈夫でしょうが」

ぼくの言葉に、トーコさんが難しい顔でかぶりを振った。

「いーや。アヤノ大公は自分が優秀な分、パーの考えることは分からないタイプだね」

「えっ」

なぜかアヤノさんがショックを受けた顔をしている。なんだろう。

ユズリハさんが腕組みをして、

「結局キミの仮説はウエンタス公国にミスリル鉱山の横流しで大儲《おおもう》けしていた領主がいて、そいつの金銭供給元が絶たれヤケになった結果ローエングリン辺境伯領をイチかバチかで攻撃する、ということだろう？」

「ええ」

「愚かすぎる選択肢だが、可能性としては十分にあり得る話だろうな。とはいえ、キミの言うとおりあくまで仮説だ。今こちらでどうこうできる話ではないと思う」

「ですね」

「正直、キミもわたしもいる以上、こちらは攻められたって別に困らないからな。なので様子見するしかないだろう」

「頼りにしてます、ユズリハさん」

「ああ、任せておけ」

＊

そんな話をして、トーコさんも王都に帰った一ヶ月後。

ぼくたちの領地に隣接する、ウエンタス大公国のキャランドゥー領が反乱を起こして。

ローエングリン辺境伯領に対して、宣戦布告をしてきた。

2

宣戦布告されたと報告を受けたその時、ぼくらはちょうど昼食中だった。

当然ながら、その後の会議は大いに紛糾した。

みんなでちゃぶ台を囲んで笊蕎麦《ざるそば》を食べながら、

「まったく、その命知らずのバカどもは何を考えているのだ——キミ、おかわり！」

「はい」

ずるっ、ずるるるるっ。

「兄さんが以前言っていた通りになりましたね。すると戦争を仕掛けた動機は――兄さん、わたしもおかわりお願いします」

「はいはい」

ずぞー、ずぞぞー。

「いや、動機はとりあえず後回しだ。まずは我々がいかに叩《たた》き潰すかで――おかわり！あと、かき揚げも付けてくれると大変嬉しいのだが」

「最後の一個が残ってましたよ。どうぞ」

ずるるるー、ごっくん。

「ああっ……仕方ありません、ではわたしは――」

「ちょっとは真面目にやってください⁉」

アヤノさんに怒られてしまった。まあそうなるよね。

その後、アヤノさんに睨《にら》まれながら大急ぎで蕎麦を食べ終わって、きっちり蕎麦湯まで呑んだところで会議が再開される。

ちゃぶ台を囲んだままなのは許してもらおう。

「さて、状況を整理します。お隣の国から宣戦布告されたわけだけど――」

「まったく。本当にキミの言ったとおりになるとはな」

「ぼくもちょっとびっくりしました。まあウエンタス公国そのものがというより隣接するキャランドゥー侯爵領が反乱したみたいですけどね」

ぼくの考えでは今回、ウエンタス公国としては知らぬ存ぜぬを通すと思っている。

あくまで、反乱を起こした一部領主の暴走だから関係ありません、というヤツだ。

恐らく本当に、彼らにとっても寝耳に水なのだろう。

なにしろ各国賓客の前で調印した停戦協定を即座に破るデメリットが大きすぎる。

「しかしキャランドゥー侯爵領は、ウエンタス公国で五本の指に入る大領地ですからね。彼らが勝ったらウエンタス公国も知らんぷりはできないでしょう」

「するとどうなる？」

「ぼくたちが戦争に負ければなし崩しに再度戦争状態で、ぼくたちが勝てば反乱軍として見捨てるって感じじゃないかと。ユズリハさんはどう思います？」

「妥当だとは思うんだがな」

ユズリハさんはなんだか得心がいかないというように、

「理屈としては、スズハくんの兄上の言うとおりだとは分かるのだが、どうにもわたしの感情が追いつかなくてな……」

「えっと、それはどういう」

「だって、スズハくんの兄上と戦争するんだぞ……？」

「……はい？」

「どこをどう考えれば、ローエングリン辺境伯領と戦争をして勝てるなどと思えるのか、そのあたりが全くもって謎すぎだ……だってキミが敵に回るんだぞ……？　怖すぎるだろ。なあ、スズハくんもそうは思わないか？」

「そんなの簡単です」

「どういうことだ？」

「兄さんはあまりに次元が違うレベルで強すぎるので、どれほど途方もなく強すぎるのか、へなちょこどもには分からんのですよ」

「なるほど……言われてみればそうかもな。すると、わたしが強いなどと言われるのは、そう認識できるだけの隙があるからか。もっと精進が必要だな……」

　ユズリハさんが妙な方向に納得したところで、横からアヤノさんが補足する。

「キャランドゥー領の領主は前回の戦争で五十万の兵力を供出したうえ兵糧《ひょうろう》も受け持ち、戦力の大半を担《にな》っていました。そしてその兵力ですが、戦争の前半では連戦に次ぐ連勝で、最後は司令官だけが狙い撃ちされた結果、ほとんど無傷で残っています」

「むっ……兄さんの温情を仇《あだ》で返すとは、許せませんね……！」

「スズハくんの言うとおりだ。その上で、それほどの離れ業をやってのけたスズハくんの兄上に再び刃向かうとは、レベルが低すぎるとしか言いようがないな……」

「普通に考えたならば、閣下のやり遂げた司令官全員拉致作戦などは実現不可能ですから。おおかた閣下がウエンタス大公配下の裏切り者と通じ、あのような演出をしたのだとでも思っているのでしょう」

「なるほど……」

「とはいえ、ミスリル鉱山の件を知っていることを加味しても、反乱をしてまでの挙兵は無理があります。やはりキャランドゥー領は、ミスリルの横流しに関与し長年にわたって荒稼ぎしていたと考えるべきでしょうね」

「そうだろうな」

なんかみんなの間で平然と話が進んでいくんだけど。

ぼくとしては、すごく気になってることが一つ。

「あの……ウチの領地って、兵力が全然いないんだけどね？」

すごくまっとうなことを言ったつもりだったのだけれど。

「なにを言ってるんだキミ？　たとえ敵兵が百万集まったところで、オーガの大樹海よりよほど楽に決まっているだろう」

「明らかに兄さんの敵ではありませんね。もちろんわたしもお供しますが」

「いや、いっそのことスズハくんの兄上一人で殲滅《せんめつ》してもらった方がいいだろう。二度とこのようなバカが出ないためにもな」

「そうですね……兄さんに手出しをしたらどうなるかを、これ以上なく分かりやすい形で大陸全土に轟《とどろ》かせるべきでしょう」

というわけで、スズハとユズリハさんで話がまとまった結果。

ぼくはたった一人で、キャランドゥー領全軍と戦うことになったのだった。

3

キャランドゥー領からの宣戦布告を受けた夜、大広間にて第一回の作戦会議が開かれた。

「えっと。それじゃあカナデ、状況を」

「まーかせて」

メイドのカナデが、卓上に絨毯《じゅうたん》ほどの大きさのある地図を広げる。

カナデが身を乗り出して、豊満すぎるおっぱいをぐにぐにに変形させながら地図上のある一点を指した。

「できるメイド情報によると、この平原に百万の兵士が集結する」

「百万……!?」

「よくそんなに集めましたね。まあ、敵に回った兄さんがどれだけ恐ろしいか、最低限は理解しているということでしょうか？」

「とはいえただの兵士がどれだけ集まろうと、スズハくんの兄上に対抗するなどは絶対に不可能だがな。わたしやスズハくん、せめてアマゾネス族が百万人集まったのならばまだワンチャン勝てる見込みが……いや不可能か」

「いやいやいや!?　そんなの勝てるわけありませんよねえ！」

「まあそんなことよりだ」

ぼくの当然すぎるツッコミは綺麗《きれい》に無視された。つらい。

「つまり、この平原に兵士を集結させてから、山道をぞろぞろ連なって行軍するつもりか。なあスズハくん？」

「ですね。しかしそんなのを待っていてはキリがありません」

「なので兵士が平原に集結し終えたら、こちらから百万の兵士を叩くのが手っ取り早い。——カナデ、例のモノを」

「分かった」

メイドのカナデがいったん退出し、戻ってきたときにはもの凄《すご》い大きな剣を持っていた。

なにこれぼく知らない。

それにこの剣、なんというか……刀身が二十メートルはあるんだけど？

「キミがこれを持って、敵陣の中を振り回すんだ。そうすればどんな阿呆《あほう》だって、キミと敵対することの意味が分かるだろうさ。どうだスズハくん、良さそうだろう？」

「兄さんならこの十倍、二百メートルの剣でも簡単に振り回せるのでは……？」

「それも考えたんだが取り回しが悪すぎる」

「なるほど。それなら納得です」

スズハが謎の納得をしているけど、それ以前にいつ作ったのさこんなの？

「ん、この剣か？　スズハくんの兄上がこういう大剣を振り回したら、さぞカッコイイと思って、密《ひそ》かに作らせておいたんだ。わたしからの叙爵《じょしゃく》祝いと思ってくれればいい」

「……アリガトウゴザイマス……」

多少引きつりながらもお礼を言うぼく。

今回の戦争ではともかく、その後は保管庫行き大決定の逸品である。

こんなものくれるくらいなら鮨《すし》の方がよっぽど嬉しいという本音は、上手《うま》く隠せたはず。

……でもこれ、剣自体の出来はすごくいいなあ。

カナデから渡された剣を、無駄に広い会議室の壁に当たらないようちょびっと振ったりしてみると、ユズリハさんがなぜか大変満足そうに腕を組みながら何度も頷《うなず》いていた。

「うむっ……！　わたしがプレゼントした大剣をニコニコ顔で試そうとしているキミの姿、とてもいい……！」

「……ソウデスネ……」

否定するとすごく悲しまれそうな気がしたので頷いておいた。

＊

結局のところ、作戦会議は「平原にいる百万の兵士をぼくがぶったたく」という非常にシンプルな作戦がぼく以外の満場一致で決定された。それでいいの？

その後、ぼくが城の中庭に出て大剣を試し振りする間に、スズハやユズリハさんたちは庭の片隅で細かい作戦を詰めてくれているようだ。

剣を確かめているぼくの耳に、風に乗ってスズハたちの会話が流れてくる。

「——ちょっと待つんだ！　なんでわたしが、わたしの唯一の相棒の、唯一無二の背中を

護《まも》れないというのだ⁉」

「当然でしょう。ユズリハさんみたいな有名人が兄さんのそばにいたなら、何があっても
ユズリハさんの手柄になって兄さんを大々的にアピールする作戦が台無しじゃないですか。

あとしれっと兄さんの相棒を自称するのはいかがなものかと」

「で、では仮面舞踏会みたく目元を隠せばセーフではないか⁉」

「超アウトです。もし兄さんが謎の悪魔に取り憑《つ》かれてるとか噂《うわさ》になったら、どうやって
責任取るつもりですか」

「責任ならば、いつでも取る覚悟はある！」

「却下です。よこしまなオーラがぷんぷんします」

「ううっ……否定できない……！」

「というわけで兄さんは、妹にして知名度ゼロのわたしがしっかり護ってみせますので。

ユズリハさんは城で留守番でもしててください」

「それはあまりに非情じゃないか⁉」

何を話しているかまでは分からないけど、スズハがユズリハと仲が良さそうで兄として
とても嬉しい。

4

ウエンタス公国から正式な通達が到着した。

予想通りというか、ウエンタス公国としてはキャランドゥー侯爵の宣戦布告には一切の関与をしておらず、停戦協定を破る意思は存在しないというものだった。

そしてご丁寧にも、ウエンタス公国に独断で宣戦布告したキャランドゥー領とは一切の関与を放棄し、ローエングリン辺境伯がキャランドゥー侯爵領を占拠、支配したとしても一切口を挟まないとまで書いてあった。

さらには要請があれば、すぐに援軍を送る準備があるとまで。

「なんか『そこまでしなくても』ってことまで書いてある気がするんだけど……？」

執務室でぼくに公文書を渡されたアヤノさんが内容を一瞥《いちべつ》すると、

「そこまでしてでも、停戦協定を破ったバカとウエンタス公国は一切関係がありませんと主張しておきたいのですよ」

「そうなのかなあ？」

「もしもわたしが大公でも、確実にここまで念を押します。そして同じ文章をトーコ女王、アマゾネス総軍団長に最優先速達で、加えてそれ以外の国家にもばら撒《ま》くことでしょう。しかもそこまでして、激昂《げきこう》したアマゾネス族がウエンタス公国を急襲しないで済む確率はせいぜい半々でしょうか」

「ははは、まさか」

「なのでアマゾネス族に対しては、閣下から一筆書状をお願いいたします。いやホントにお願いします――!」

なぜかアヤノさんに拝まれてしまい、アマゾネスさんに手紙を書くことになった。

まあ今回の件でもしアマゾネスさんたちが気を揉《も》んでいたら申し訳ないから、ぼくから手紙を書くことに異論はないけどね。

こちらは心配しないでいいこと、落ち着いたらアマゾネスの里へと遊びに行きたいから待っていてほしいこと、戦争をしないアマゾネスさんたちも大変素敵だということ、あとウエンタス公国も大変だろうから温かく見守ってほしいことなんかを、アヤノさんの徹底指導の下に書き連ねた。

アヤノさん曰《いわ》くこういう文章が外交的にも無難で、かつアマゾネスさんたちへの真心が籠《こ》もった素敵な文章なのだという。

普通の書類仕事だけではなく、外交的な文章まで詳しいアヤノさんはやっぱり凄い。

そして。

できあがった手紙を確認すると、アヤノさんは涙を流さんばかりに喜んで。

「よかった、本当によかった……！　ここで仕事してて本当によかった！」

「それはよかったですね……？」

なんでアヤノさんが感激していたのかは分からないけど、まあいいか。

＊

それでは出陣、となる直前になって問題が発覚した。

留守番役が誰もいないのだ。

すがるようにアヤノさんを拝んでみたけど、

「わたしが残るのは構いませんが、ほかに責任者がいない状態はありえませんね」

「ううっ。やっぱりそうかなあ？」

「当然でしょう。前回はただの鉱山出張でしたからまだセーフでしたが、閣下が戦争へと出陣なさるのに、後方で城を守る大将が敵国であるウエンタス公国出身の文官だなんて、外面が保てませんよ」

アヤノさんが一分の隙もない正論を展開すれば、その横でメイドのカナデが胸を張り、

「できるメイドは、戦場でもとても役に立つ」

「カナデはたしかに、あらゆる天井裏の情報を手に入れてきた実績があるからね……」

「情報もご飯もそうじも、なんでもまかせて」

まあいずれにせよ、メイドを留守役の責任者にするわけにはいかない。

それでは、スズハとユズリハさんはどうかというと。

「兄さんが出陣してわたしが居残りなんてありえません。兄さんを戦場に追いやって妹のわたしが城で兄さんの地位簒奪《さんだつ》を狙っていると思われるくらいなら、いっそ女騎士として自害した方がマシです」

「わたしも相棒を見捨てて一人で戦場に行かせるくらいなら死んだ方がマシだな。それにわたしは常に戦争では最前線で戦ってきたから、ここで後方に下がっては下衆《げす》の勘繰りを受けかねない」

「……まあ、そうだよねえ……」

こんな感じで、みんなしごくもっともな理由で同行を主張するのだった。

いっそのこと街のお偉いさんにでも頼もうかと思ったけど、これも全力で却下された。

貧乏領ならまだしも、ミスリル鉱山にオリハルコンを抱えるローエングリン辺境伯領で

平民が責任者なんてあり得ない、とのことらしい。納得。

そんなこんなで出陣できない日々が続き。

どうしてよいやら頭を抱えていた状態は、唐突に終わりを告げた。

なんと王都から、トーコさんが自らやって来たのである。

「やあやあ諸君、大変だったね！」

「トーコさん⁉」

「スズハ兄も初めての戦争で苦労しているみたいだね！　でももう大丈夫‼　女王にして大魔導師でもあるこのボクがやって来たからには、へなちょこ軍なんてみーんなまとめて火の海に――」

「来た！　トーコさん来た！　これで勝てる！」

「へっ……⁉　や、やだなあスズハ兄ってば。そこまで大げさに歓迎してもらっちゃうと、さすがのボクも照れちゃう――」

「というわけでトーコさん、留守番よろしくお願いします！」

「――え？　ちょま、スズハ兄⁉　いったいどういうことなのかなあ⁉」

──その時はまさかトーコさんが「大軍が相手なら、魔導師たるボクの出番でしょ！　それにスズハ兄に命を助けてもらった恩を、少しでも返したいしね！」などと鼻息も荒く王城から強引に出てきたなんて想像できるはずもなく。

ぼくたちはトーコさんに留守役を頼《おしつけ》んで、意気揚々と出陣したのだった。

5

国境は当然ながら封鎖されていたけれど、ぼくたちが誠意を見せると快《こころよ》く入国させてくれた。

具体的には、スズハとユズリハさんが入国を拒否する国境警備隊の石造りの詰め所を、蹴り一発で倒壊させたんだけど。

その後にスズハが「あなたたちも敵国の兵士ですから、同じようにしましょうか？」と静かに言ったら、無事に通してくれたのだ。

なんだか酷《ひど》い脅迫を見たような気もするけれど。

でも宣戦布告があった以上は、当然の予告であって脅しじゃないんだよなあ。多分。

それから山を越え森を抜けること数日、現在ぼくたちは崖の上から敵兵の集まる平原を見下ろしていた。

ぼくたちの眼下には、恐ろしい数の兵士たちが平原にひしめいている。

なかなかに壮観な光景だった。

「カナデの情報通りだ。こりゃ本当に百万くらい兵士がいそうだね」

「えへん」

「兄さん。ここから観察してみると、兵士の装備がバラバラなんです。やはり寄せ集めの可能性が高そうですね」

「キミ、見てみろ。本陣はあれだろう……ここから二十キロくらい離れているな」

「ですね」

敵兵たちは集まりはしたものの、まだ出発命令はでていないようだ。

とはいえローエングリン辺境伯領へ続くのは細い山道なので、出発命令が出たにしても順番にしか動けないだろうけど。

「輜重兵《しちょうへい》も結構いるみたいだね。でも戦争の最後までは当然持たないよなあ」

「兄さん、輜重兵って何ですか？」

「兵站《へいたん》、つまり食料とかを運ぶ部隊だよ。これが持たなくなると食料を現地調達しなきゃいけなくなる。ていうか国境を越えたら略奪する気まんまんだよね」

「兄さんは何でも知ってますね！　さすがです！」

「ていうか騎士学校に通ってるはずのスズハが、どうして知らないのさ……？」

ジト目を向けると、スズハはキョトンとしていたがユズリハさんはサッと顔を逸《そ》らした。

王立最強騎士女学園の生徒会長として、思うところがあったみたいだ。

「なあキミ、そんなことよりもだ！　作戦は当初より変更なしで大丈夫だろうか？」

「まあ大丈夫でしょう」

作戦といっても、ぼくが敵軍の中心に乗り込んで暴れるという単純にして滅茶苦茶《めちゃくちゃ》雑な作戦なんだけどね。ていうか本当に作戦と呼んでいいんだろうか？

まあ、ぼく以外のメンバーも、ちゃんと役割はあるんだけどさ。

ユズリハさんは、敵の総大将キャランドゥー侯爵を逃がさない役目。

「ところでユズリハさん、キャランドゥー侯爵はいましたか？」

「敵の本陣の最奥《さいおう》に、侯爵親子とその弟たちの姿を確認している。もし逃げ出すようなら死なない程度にぶちのめして捕縛しておこう」

スズハとカナデは、情報操作の役目。

「スズハ、カナデ。いけそう？」

「問題ありません。百万人の兵士をぶちのめしたのが兄さん一人であることを、バッチリ煽《あお》りまくっておきます」

「心配ない。情報操作はメイドのきほん」

「うにゅー」

「……うにゅ子もね」

万一のことを考えてうにゅ子も連れてきたけれど、すっかりカナデの頭上でブサイクな犬みたいに垂れきっているのがお馴染《なじ》みとなった。考えすぎだったかも知れない。

「じゃあ、そろそろ始めようか」

そう言ってぼくは、ユズリハさんから譲られた刀身二十メートルの大剣を手に持つと、そのまま敵陣のど真ん中めがけて投げ込んで。

「「なっ――――！」」

スズハとユズリハさんが息を呑《の》んだことなど、まるで気に留めることなく。

「戦争開始だね」

続けてぼくも、崖の上から飛び出したのだった。

6（ユズリハ視点）

ユズリハの眼下で、大嵐が吹き荒れていた。

それは自然の嵐ではない、人工の大嵐。

けれどだからこそ、自然では決してあり得ない凄《すさ》まじい勢いのままに、キャランドゥー侯爵軍を地獄のごとく蹂躙《じゅうりん》していく。

嵐の中心にいるのは、ただ一人の若者。

刀身二十メートルもの大剣を振り回して、物理的な暴力の極地で射程圏内にいる敵兵を問答無用でぶっとばす、まさに理不尽の塊——

「……わたしがやらせておいてこう言うのも何だけれど、スズハくんの兄上は本当にもう戦闘力の権化《ごんげ》というかなんというか……チートすぎやしないか？」

「殺戮の戦女神《キリング・ゴッデス》なんて渾名《あだな》で呼ばれてるユズリハさんが、なに言ってるんですか」

「いやいやいや。わたしはあんな、常識外れのイカサマ状態に強すぎたことはないぞ？」

「兄さんも自分のこと、きっとそう思ってますよ」

「そう言われると身も蓋もないが……」

　それでもやっぱり、自分の強さ《りふじん》とスズハの兄の強さ《りふじん》は、月とすっぽん以上の大きな差があると思うユズリハだった。

「わたしは絶対無理ですが、ユズリハさんなら凄《すご》く頑張ればできるんじゃないですか？　わたしは絶対無理ですが」

「わたしにだって絶対無理だ……いや、あれで五分や十分持たせれば良いならまだしも、あんな扇風機の羽根みたいな勢いを百万人斃《たお》すまで続けられるか」

「ですよねえ。しかもアレ、兄さん手加減してますし」

「……手加減？　どこがだ？」

　手加減どころか、目一杯回転しまくっているようにしかユズリハには見えない。なにしろ回転が速すぎて、刀身が見えないのだから。

　当然ながらもの凄い竜巻がスズハの兄を中心に巻き起こり、刀身の射程圏外から敵兵が降り注ぐように放っている矢の嵐も、一本残らず失速して中心のスズハの兄に届くことはなかった。

「よく見てください。多分ですけどあの兵士たち、一人も死んでませんよ」

「なんだとっっ⁉」

「滅茶苦茶派手に吹っ飛ばされてますからそうは見えませんけど、上空数十メートルまで舞い上がった兵士がべちゃって落下しても、まだ身体《からだ》がピクピクしてましたから。恐らく全治三ヶ月、ってところでしょうか」

「どうやったらそんなことが可能だというんだ⁉」

「恐らくですが――兄さんの秘蔵の治癒魔法、アレを刀身に流しているのかと」

「あっ……！」

「普通に考えて、そんなことができるとは到底思えないんですが、まあ兄さんですから」

スズハの兄の治癒魔法は、ユズリハもよく知っている。

なにしろ自分は、それで何度も命を助けられたのだ。

その治癒魔法の威力たるや、信じられないほど強力で。

ユズリハの胴体を彷徨える白髪吸血鬼《ホワイトヘアード・ヴァンパイア》の右腕が貫通したときも、トーコの心臓に短剣が突き刺されたときも、治癒魔法によって即死状態から回復しているのだから。

「そんなこと聞いたこともないが……いや、スズハくんの兄上なら可能なのか……？」

「少なくとも兄さん以外には不可能でしょうね」

真に驚くべきスズハの仮説だが、それ以外に目の前で広がる光景が説明できない。

ユズリハの目も、確かに確認していた。

派手に吹っ飛ばされた敵兵が、それでも確かに生きているのを。

もう敵兵の半分、五十万ほどが倒されているのにもかかわらず。

明らかに屍体《したい》となった敵兵を、一人も見つけられないことを――

そうしてユズリハがあまりに圧倒的すぎる、優しい暴力に呆然《ぼうぜん》としていると。

いつの間にかスズハとメイドのカナデの姿が消えていた。

「あっ……そうだ、作戦……！」

慌ててユズリハが目をこらすと、キャランドゥー侯爵たちが明らかに浮き足立っていた。

その様子を観察していたユズリハは、逃げ出すのも時間の問題だと判断する。

一人も取り逃さないためには、そろそろ動き出す必要がありそうだった。

「しかしこれが、わたしの相棒に敵対した愚か者の末路ということか――絶対に、ああはなりたくないものだな……」

ユズリハは身体をぶるりと震わせると、足早に自分の任務を遂行するべく走り去った。

＊

後に戦闘のあった地名を取って、キャランドゥー平原会戦と呼ばれたその戦いは、戦闘開始より僅か二時間で決着した。

投入兵力はキャランドゥー侯爵軍百十一万五千三百に対して、ローエングリン辺境伯軍僅かに四。

だがその結果は、ローエングリン辺境伯軍の完全勝利で幕を下ろしたのだった。

7

戦争が終わり、ローエングリン辺境伯領に凱旋《がいせん》帰国したら。

待ち構えていたトーコさんに滅茶苦茶怒られた。

「スズハ兄は、女王のボクのことを、な・ん・だ・と・思っているのかなー⁉」

笑顔でキレながらぼくの左右のほっぺたをうにゅーと引っ張ってくるトーコさんに、

「しゅみませんっ！　れもれも、トーコさんなら留守を任せても安心らから！」

「──スズハ兄、そこ詳しく」

トーコさんが引っ張るのを止《や》めたので、ぼくは伸びきって赤くなったほっぺたを優しくさすりながら弁解する。

「そりゃもうトーコさんが城にいてくれるとか、城を守ってくれるって思うと、ぼくらは安心して出て行けるわけですよ！」

「ふーん……スズハ兄の城に、ボクがいると安心するの……？」

「そりゃそうですよ。やっぱり自分の帰るべきところにトーコさん（みたいな強い人）がいてくれたら、安心して戦いにも行けるなって」

「ふ、ふーん……スズハ兄はボクが待っててくれた方がいいんだ……ふーん……」

「（留守の間に敵が攻め込んできても安心できるので）もちろんです！」

「そ、そっか……ならいい……」

お怒りモードだったはずのトーコさんがいつの間にか顔を真っ赤にして、ぼくのことを上目遣いで見ながらモジモジしてたけれど、なにに照れているのかは分からなかった。

まあトーコさんの怒りは収まったみたいなので、結果オーライということで。

＊

ぼくたちのいない間に、トーコさんとアヤノさんは随分仲良くなったみたいだ。

「アヤノとも話したんだけど、今回の戦争の戦勝パーティーは王都で開こうと思うんだよ。ねえアヤノ？」

「その通りです。ローエングリン辺境伯とトーコ女王の関係を変に勘繰られないようにするためにも、連続でこの城での式典を行うことは避けるべきでしょう」

アヤノさんの言葉を聞いていたユズリハさんもまた、納得して頷《うなず》いていた。

「なるほどな。いくらスズハくんの兄上の全面的な手柄だとはいっても、王都ではなくスズハくんの兄上のお膝元での式典が続けば、その関係が疑われるということか。しかもトーコが両方出向くとなれば……」

「はい。トーコ女王を軽視し、辺境伯であるはずの閣下に対して、露骨に擦り寄る輩《やから》が出ることでしょう」

「ボクは別にそれでもいいんだけどさ、バカは切り捨てればいいんだし。でもそうするとスズハ兄が面倒臭いかなって」

「えーと……ご配慮いただいたみたいで、ありがとうございます？」

女王のトーコさんより平民上がりのぼくが重視されるなんて、天地がひっくり返ってもあり得ない話だけれど、ぼくは空気の読める男なのできちんと礼を言っておく。

「というわけでスズハ兄には悪いんだけど、ボクと一緒に王都まで来てもらうよ！」

「承知しました」

「盛大な戦勝パーティーになるように、王都に指示も出しておいたからさ！　期待しておいてね！」

「そこが盛大でもぼくは嬉《うれ》しくないですけどね……」

どちらかと言うと、ケータリングの鮨《すし》だけ貰《もら》ってきて家で食べたい。

「言っておくけど逃げちゃダメだよ？　スズハ兄は今回の主役だから、絶対出席すること。ウエンタス公国からも女大公が来るんだし、さすがに外国の首脳がいて主役がいないのも失礼だからね」

「あれ、ウエンタス女大公も来るんですか？」

事前に「ウエンタス公国は戦争に一切関与しない」みたいな書状が送られてきたから、てっきり最後まで知らぬ存ぜぬを通すものだと思っていた。

ぼくがそう言うとトーコさんが苦笑して、

「対外的にはそう突っぱねたって、どう考えても配下を御せなかったウエンタス女大公の粗相には間違いないからね。ウチらは一切敵意がないですよ、ズッ友ですよーって内外にアピールするためにも、式典に参加せざるを得ないってわけ」

「そういうものですか」

「だからこっちも対外的には見逃すけど、裏ではそれ相応の落とし前をつけてもらうしね
——その落とし所がどのあたりかを、ボクとアヤノでずっと話してたんだよ」

「へえ？」

トーコさんはそういうの、ユズリハさんに相談するイメージがあった。なんだか意外。

ぼくの視線に気づいたユズリハさんが、肩をすくめて一言。

「わたしはそういう腹芸は苦手なんだ」

次期公爵家当主としてそれはどうなんだろう。

そう思ったけれど、賢明なぼくは口に出さなかった。


それから数日後。

ぼくはユズリハさんに留守役を任せて、スズハとトーコさんの二人と一緒に、王都へと旅立ったのだった。

8（ウエンタス女大公視点）

ローエングリン辺境伯領と王都を結ぶ街道のおよそ中ほどの商業都市に、その料理屋はひっそりと存在していた。

一見するとよくある街の定食屋兼居酒屋。

だが厨房《ちゅうぼう》の裏にある狭い螺旋《らせん》階段を上がれば、そこには王宮もかくやと言わんばかりの煌《きら》びやかな空間が広がっている。

その奥の卓で鉄観音茶を喫する老紳士を見つけて、アヤノが軽く手を上げた。

「お待たせしてしまいましたか？」

「構わん。商売の策を練っておったところだ」

その商売の策とやらの結果、過去にいくつもの国家が消えていったことを知るアヤノは、頰を引きつらせながら対面に座った。

ドロッセルマイエル王国において、裏で番頭と囁《ささや》かれる初老の男。

この男の正体を知るものは、片手の指で数えられるほどしかいない。

「ご無沙汰しております、老先生」

「挨拶など構わん。本題に入れ。――あの城で過ごす日々は有意義だったであろう？」

「はい、とても。――わたしがあの城に潜り込めなければ、ウエンタス公国は数年以内に消えて無くなっていたでしょうね」

それは極めて確度の高い、もしもアヤノが動かなかった場合の、もう一つの未来予想図。

アヤノが観察して分かったこと。

それは、ローエングリン辺境伯は文官としても間違いなく、かなり優秀な部類に入る。

アヤノがいなくても遠くない未来、ローエングリン辺境伯はミスリル鉱山を舞台にして続けられた一連の不正に、間違いなく気づいたことだろう。

しかしローエングリン辺境伯領には、絶対的に文官が足りない。

加えてローエングリン辺境伯本人は善良かつ温厚ではあるものの、実務優先型であり、物語にありがちな正義感が先頭に立つタイプでもない。

結果、不正の臭《にお》いを嗅ぎ取ったまま、しばらく放置するしかないのではないか。

そして――

「後から思えば、キャランドゥー侯が百万もの兵士を集められたのも、隣国のミスリルを長年にわたって不正に流通させたからでしょうね」

「そうだろうな」

「実際にはローエングリン辺境伯の摘発によってミスリルの横流しがストップし、それが最後の引き金となって、キャランドゥー侯は自らの死刑執行書にサインをしました」

「うむ」

「ですが摘発が遅れた場合、そこまでの愚行に至らなかった可能性が高いと思われます。不安を募らせつつ不正流通を加速させて、裏で同志を増やし、兵力を増やし、ウエンタス公国全体を大いに巻き込んで」

「その結果、ローエングリン辺境伯に全てを叩《たた》き潰されるか」

「間違いなくそうなったでしょう。それにあのアマゾネス族だって、大人しく黙っているはずがありませんし……」

本当にそうならなくてよかった。

アヤノが自らローエングリン辺境伯領へ潜入すべきかどうか悩んでいたとき、ふらりと現れて法外な報酬と引き換えに、潜入の手引きを提案された日のことを思い出す。

さんざん考えた結果その誘いに乗って本当に、本当に良かった。

アヤノの様子を老紳士はあたかも、出来の悪い弟子がようやっと及第点を取ったような顔つきで眺めていた。

「それで、これからどうするつもりだ？」

「ウエンタス大公として、戦勝パレードに出席します。招待を断るなどあり得ません」

「それは当然だ。その後のことを聞いている」

それはつまり、アヤノに今後もローエングリン辺境伯領への潜入を続けるかどうかと、そう聞いているのも同然だった。

普通に考えれば、アヤノは自国に戻る一択しかない。

ローエングリン辺境伯の人となりは十分に理解したし、ウエンタス公国が滅びかねない当面の危機も去った。

結果としてキャランドゥー侯爵を制御できずに反乱を起こさせてしまった側近たちには不安が残るし、影武者がばれるリスクだって高まる一方である。

しかし、アヤノは首を横に振った。

「わたしはもう少し、ローエングリン辺境伯領でお世話になりたいと考えています」

「……ほう。どうしてだ？」

「その方がいいと、女の直感が囁くからです」

直感を馬鹿にしてはいけないというのが、アヤノの密《ひそ》かな信条だった。

その昔、アヤノはなんの権力もない公女に過ぎなかった。

けれど己の直感と才覚を信じて行動し続けた結果ウエンタス女大公となり、公国滅亡の危機も防ぐことができたのだから。

アヤノは己の選択に対する自信を見せるかのように、湯呑《ゆの》みに入った鉄観音茶を優雅な手つきで口に運び、

「ふん。惚《ほ》れたか」

「ぶぶ――――――っっ⁉」

アヤノが盛大に噴き出した鉄観音茶が見事直撃して、自他ともに黒幕と認める男の顔が

びしょびしょに濡《ぬ》れてしまったその結果。

罰として一ヶ月間ツインテールを強要された女大公が爆誕することになるのだけれど、それはまた別の話。

9

王城に着いてから、式典の詳しい予定をトーコさんから聞かされたぼくは、思わず顔をしかめてしまった。

「パーティーはともかくとしても、凱旋《がいせん》パレードまであるんですか……？」

「そっ。昼間は王都を馬車に乗ってパレードして、夜は貴族のパーティーだね」

「なんだか凄《すご》く見世物《みせもの》っぽいんですけど？」

「そりゃ凱旋パレードだもの。当然でしょ？　まあスズハ兄は、そういう風に目立つのは好きじゃないタイプだけどさ」

分かっているなら無くしていただきたい。

王都の知り合いも見ているだろう観衆の中、貴族よろしく歯をきらんとさせて爽やかに手を振るなんてこっ恥ずかしいのだ。

アレだあれ。

ぼくのココロには、立派なチョビ髭《ひげ》が生えていないのだから。

ぼくがそう力説すると、トーコさんがなんだか可哀想《かわいそう》な子を見る目になって。

「なによココロのチョビ髭って？　——まあいいけど。民衆にもう告知はしてあるし、いまさら予定は変えられないっての」

「ぎゃふん」

「それにボクも同じ馬車に乗るんだから。あんまり情けない顔しないでよ？」

「トーコさんも一緒に？」

「最初は別の馬車の予定だったけどさ、そっちの方が警備の都合がいいって近衛《このえ》騎士団に言われちゃったから。それにスズハ兄と一緒なら、バッチリ護《まも》ってくれるだろうし」

「そりゃもちろん、できる限り護りますけども」

「そういうわけだからよろしくねー」

そう言うと、トーコさんはひらひら手を振って話を打ち切ってしまった。

まあぼくの愚痴にいつまでも付き合えるほど、トーコさんはヒマじゃない。

というわけでスズハに聞いた。

「ねえスズハもそれでいいの？」

「もちろんです。なんでもトーコさんが、お揃《そろ》いのドレスを用意してくれるとのことで。今から凄く楽しみです！」

とっくに買収済みだった。

＊

そしていよいよ、凱旋パレードの当日。

ぼくたちが乗るという馬車を一目見た瞬間、意識がちょびっと遠くなりかけた。

「白馬の三頭立てって一体……？」

「あ、あはは……言っておくけどボクが指示出ししたんじゃないよ？」

「それにスズハもトーコさんも、お揃いの白いドレス姿ですし。なんかもう、一体どこのロイヤルウエディングパレードかと突っ込みたいですよ」

「それが狙いかッッ⁉」

トーコさんが真っ赤な顔で、馬車を準備したらしき騎士団長を睨《にら》んでいた。

なんだか向こうは、やたらいい顔でトーコさんに向けてサムズアップしてるんだけど、やっぱり恥ずかしいよね？

一方スズハは、意外にも馬車を見てテンションを上げていた。

「スズハはこういうの、恥ずかしくないの？」

「恥ずかしい気持ちが無いではありませんが、それよりも白馬の馬車に、素敵なドレスを着て兄さんと一緒に乗れることの方がよほど大きいといいますか」

「そ、そうなんだ」

白馬の馬車とかドレスとか、やっぱり女の子としては嬉《うれ》しいものなのだろうか。

とはいえ相手の男は兄なんだが……それでいいの？

ぼくが首を捻《ひね》っていると、スズハが思いついたように手をぽんと打って。

「でしたら兄さんはパレードの間、わたしをお姫様抱っこし続けるのはどうでしょう？

そうすればわたしの身体《からだ》とおっぱいで、兄さんの顔が隠れますよ？」

「うーん……それもアリか……？」

「そんなのダメに決まってるよねえ⁉」

トーコさんに即行で却下され、普通にぼくたちは並んで座ることになった。残念。

パレードが始まる前は、どうせ見物客なんて殆《ほとん》どいないと思っていた。

だって王子たちがやらかしまくった前の戦争と違って、なにしろ兵士が出陣していない。

市民生活への影響もほぼ無かっただろうし、戦争があった実感すら無いのではないかと思っていた。

——けれど、そんなぼくの予想は見事に外れて。

王城の門が開かれた時、馬車に乗ったぼくたちが見た光景は。

大通りの両側をぎっしりと埋め尽くす見物客たちが、遥《はる》か先まで続いていたのだ——

唖然《あぜん》とするぼくの横で、トーコさんが当然のように手を振ってみせた。

「ほら、スズハ兄も笑顔で手を振る。スズハもね」

「あ、は、はい……」

馬車が大通りを進んでいく。

ぼくたちが手を振ると、見物客たちが倍の身振りで手を振り返す。

集まった見物客たちは、みんな笑顔で。

やがて自然発生的に、みんなの声が一つになって、

「救国の英雄、万歳——！」

「トーコ女王、万歳――！」

「ローエングリン辺境伯、万歳――！」

やがて叫びがうねりとなって、王都の空に昇っていく瞬間を。

まるでお伽噺《ときばなし》みたいだと思いながら、ぼくたちはいつまでも眺めているのだった。

10

王都中が熱狂の渦に包まれた凱旋パレードの余韻。

それは、終わってからもまるでとどまるところを知らず。

王都中を住民たちが浮かれ回って、貴族の馬車が通れないためパーティーの開始時間が遅れるとトーコさんから教えてもらった。

「なんでそんな凄いことに……？」

口から出たぼくの疑問に、トーコさんがはっきりと苦笑を浮かべて。

「そりゃ当然でしょ。ちょっと前まで王都はクーデターで大混乱、捏造《ねつぞう》された戦勝報告は全部が全部真っ赤な大ウソ。――そこに現れた救国の英雄であるところのキミは、ただの一人も住民を犠牲にすることなしに領地を奪い返したと思ったら、今度は百万人もの敵の大軍勢をたった一人で返り討ちにしたんだよ？　まったく、これで熱狂しない理由が一体どこにあるっていうのさ？」

「そこだけ聞けばそうですけどね……？　でもトーコさんが女王に就任したときだって、みんな大騒ぎだったじゃないですか」

「そうだったねー。でもボクは、あくまで囚《とら》われのお姫様だったから」

「そうでしたね」

「なら、囚われたお姫様の時より、颯爽《さっそう》と現れてお姫様を救った平民のオトコノコの時のほうが、みんな遥かに熱狂するんじゃないかな？」

「……そーゆーもんですかね？」

「そーゆーもんなのよ」

トーコさん曰《いわ》く、そーゆーもんらしかった。なら仕方ないか。

一方のスズハはといえば、パレードが終わってからずっと泣きじゃくっていた。

どうやらパレードの最中はなんとか我慢していたらしい。

「わた、わたしっ――！　兄さんの妹で、本当によかったたって――！」

どうやら感激してしまったようだ。

落ち着かせようとして頭を撫《な》でたら、スズハがぼくの胸に頭を埋《うず》めて抱きついてきた。

なんだか、子供時代に戻ったみたいだと思った。

＊

お貴族様のパーティーというのはぼくの知る限り、挨拶の連続なのだ。

今日の凱旋パーティーもそうだった。

けれど大きく違ったのは、なんとぼくも壇上で挨拶させられたことである。

普通なら偉い人しか挨拶しないはずなのに。

マイクを持ったトーコさんが、いきなり無茶振りしやがったのだ。

ちなみにマイクとは魔法を使った音声増幅装置のことだ。

「ホラ、スズハ兄！　一言！」

「え、えっと……？」

「なんでもいいから、ホラ！」

なんでもいいと言われたぼくは、とりあえずトーコさんのことを褒めちぎっておいた。

貴族のパーティーなんて女王を讃《たた》えておけば無難だろうし、それにぼくの本音でもある。

トーコさんは突然ぼくに褒めまくられた羞恥で身悶《みもだ》えしていたけれど、不意打ちで挨拶させる方が悪いと思う。

なんとか挨拶を終えて壇上から降りると、サクラギ公爵に声を掛けられた。

公爵本人にはずいぶん会っていなかったけれど、公爵の娘であるユズリハさんにはもうお世話になりっぱなしである。

「お久しぶりです、公爵閣下」

「うむ。ユズリハは役に立っているか？」

「もちろんです。本当に、ユズリハさんにはどれほど助けられているか――」

そんな世間話を続けていると、ふとぼくはある異変に気づいた。

サクラギ公爵の後ろに、人が並んでいるのだ。

それも一人や二人じゃない。

やがてパーティーに参加している貴族のほとんど全員が、サクラギ公爵を先頭にして、一列に並びきったのだった。

「あ、あの、公爵様？」

「──ユズリハは我が娘ながら一途《いちず》に育ったからな。裏切りは決して許さない……なんだ、どうした？」

「公爵様の後ろ、もの凄《すご》い列になってますよ？」

「そんなものはいい。放っておけ」

「でもこれ、みんな公爵様への挨拶待ちの人たちなんじゃ……？」

「んなわけあるか。こやつらは全員、お前に挨拶したい連中だ」

「ファッ⁉」

「ただでさえ救国の英雄なうえに、今回は空前絶後のとんでもない戦果を上げたからな。もはやお前の王国貴族としての立場は揺るぎようもないが──そんなお前に、自分の顔も名前も覚えられていない連中が、少しでも親しくなろうと必死なのだ」

「じゃあこれって、ぼくが待たせてるんですか⁉　てことはぼく、公爵様と世間話してる場合じゃなかったんじゃ──！」

「いいからもう少し付き合え。むしろこれからが本番だ」

壇上を見ながら公爵が言うと、一度引っ込んでいたトーコさんが、ウエンタス女大公を連れて再び登場したところだった。

トーコさんとウエンタス女大公が二人で、今回の戦争の経緯を語る。

ウエンタス公国としては、停戦協定のもと戦争をするつもりなど一切なかったこと。

なのに反乱を起こしてローエングリン辺境伯に宣戦布告までしたキャランドゥー領は、もはやウエンタス公国とは一切の関係がないこと。

よってキャランドゥー領が戦争に負けたとしても、その後の処遇にウエンタス公国は、一切の口を挟まないこと。

いずれもぼくの知っている内容だった。……ここまでは。

壇上のトーコさんと目が合った。

それはなぜか、大がかりなイタズラを仕掛けているような表情だった。

そしてトーコさんが、とんでもないことを言いだした。

「今後のキャランドゥー領についてどうするかなんだけど、よくよく考えたら今回って、ケンカを売られたのも、完璧に返り討ちにしたのもローエングリン辺境伯なんだよねえ。だから、」

そこでトーコさんがにっと笑って、

「キャランドゥー侯爵領の領地や、その他纏《まと》めてまるっと全部、ローエングリン辺境伯の支配下とすることに決めたよ！」

「……はい？」

壇上のトーコさんがなにを言ってるのか分からない。

あっけにとられていると、サクラギ公爵がぼくの肩をぽんと叩《たた》いて。

「そういうわけだ。ローエングリン辺境伯領と違い、キャランドゥー領には天然の良港も大穀物地帯もある。英雄譚《たん》も真っ青の大出世だな」

「えっと、公爵様？　どうも何を言われたのかよく聞こえなかったんですが……なんか、ぼくがキャランドゥー領を引き継ぐ的な言葉が聞こえたような……？」

「ばっちり聞こえてるではないか。お前の認識に過不足はない」

「えええ⁉」

「これでようやく本題に入れる。なに、お前は今の領地だけで手一杯だろうと思ってな、ワシの方から人材を貸そうと思うのだがどうだ？　これでもワシは公爵家当主だからな、いろいろな人材が揃《そろ》っているぞ？」

「えっとその、あの、」

「将来王子と結婚するべく王妃教育を終えた娘が二人、もちろんウエンタス公国事情や、領地経営にも精通しておる。その他にも貴族として領地経営を学んだ娘は何十人もいるし、お前さえよければその全員を集めて大面接会を開くもよい。それからお前の妹のスズハと年頃の近い腕の立つ騎士、それに……」

公爵が嬉々《きき》として自領内の優秀な人材を次々に挙げてくるけれど、状況が想定外すぎてぼくの頭にまるで入ってこなかった。

とりあえず、なんとか理解できたことが一つ。

——わけも分からないうちに貴族になったあの日から、たった数ヶ月。

どうやらぼくの領地は、倍以上に増えたみたいです——！

エピローグ

サクラギ公爵に逃げ道をブロックされ、ずらりと並んだ貴族たちと公爵を見比べながらオロオロしているスズハの兄を眺めていたトーコは、なんとなく溜飲《りゅういん》が下がった気がしてにんまりと悪い笑顔を浮かべた。

「ふふーんだ。スズハ兄も、たまには困ればいいんだよねっ」

「ふうん？　トーコ女王はいつも、ローエングリン辺境伯に助けられているのでは？」

アヤノ女大公が聞くと、トーコは僅かに頰を膨らませて。

「だってスズハ兄ってばさ、ボクが困ってるところに颯爽《さっそう》と現れて、いっつも涼しい顔で解決していくんだもん。たまにはああいう弱みも見たいって思うのが人情でしょ？」

「そんなに助けられたのですか？」

「そりゃもう。スズハ兄がローエングリン辺境伯になってからだけでも、バカ兄が始めたウエンタス公国との戦争をまさかの大勝利で終わらせてくれたし、前辺境伯が隠蔽してたミスリル鉱山を見つけてくれたから財政難も解決しそうだし、調印式では戦争で疲弊したウチの国を狙うアホ国家をきっちり牽制《けんせい》、極めつけにキャランドゥー領との戦争に大勝利、ウチの国がこの大陸一の覇権国家だって強烈な印象まで植え付けられたんだからさ！」

ここまでいけば、どの国からだって攻められないだろう。

それくらいスズハの兄の与えた、二度の大勝利の印象はあまりに大きすぎる。

それはクーデターと無茶な戦争で疲弊したドロッセルマイエル王国にとって、文字通り喉から手が出るほど欲しいアドバンテージだった。

「……今から思えばだけどさ、もしスズハ兄をローエングリン辺境伯にしてなかったら、今ごろウチの国はヤバかったと思う」

「それはないでしょう。アマゾネス族との密約は、それ以前に行われていたはずです」

「そこまで知ってるの⁉　はあ……いっそウチの国に来ない？」

「その代わりに、ローエングリン辺境伯を我が国にいただけるならば喜んで」

「絶対に断る」

でしょうね、とアヤノがそっけなく応じる。

二人の目線の先では、未《いま》だサクラギ公爵がスズハの兄を捕まえていた。

話している内容がここまで届いているのはわざとだろう。

サクラギ公爵が、きっちり唾《つば》を付けていることを全員にアピールしているわけだ。

あんな露骨なアピールなのに、当のスズハの兄がその意味を理解していなさそうなのがまた笑えるとアヤノは思う。

「……辺境伯がいなければ、今ごろどうなっていたのでしょうね」

本気で聞いたわけじゃない。

それは、ぼそりと口から漏れ出た仮定。

トーコはスズハの兄をずっと見つめ続けながら指折り数えて、

「スズハ兄がいなかったら、まずボクは絶対に女王になってなかったよね。──あ、でも王子同士のクーデターはあったハズだから、どっちにしろボクは殺されてるのか。そんでユズリハはもぬけの殻になって、その隙にアマゾネスに戦争起こされて、ウチの国は滅亡してたんじゃない？」

「……リアルすぎる予想図ですね……」

「それ以外の状況って想像できる？」

「残念ながら」

「要するにボクは王国の命も自分の命も、スズハ兄に救われまくっちゃってるんだよね」

「羨ましいことですね」

本気の本気でアヤノはそう思う。

もし、スズハの兄が生まれていたのが自分の国ならば。

自分は間違いなく、今のトーコのようなはにかむ笑みを浮かべていたはずで――

「……なんだか腹が立ってきました。いっそのこと弱点を攻撃してやりましょうか」

「え、なんのこと？」

「気づいていないのですか？　今のドロッセルマイエル王国には、重大な弱点があります。というよりトーコ女王と辺境伯についてですが」

「え？　え？」

自信満々の様子に、トーコがにわかに焦《あせ》り出す。

なにしろ相手は、軍事と政略の才能によって女大公へと上り詰めたアヤノである。

トーコはその能力を、誰よりも正当に評価していた。

それにアヤノは、こういう場で余計なハッタリをかますタイプでもない。

「なにさそれ⁉　ねえちょっと、教えてよ！」

「どうしましょうかねえ……？」

「マジでお願い！　もう、ボクへの貸し一つでいいからさ！」

やった！　とアヤノが内心ガッツポーズする。

勢いに乗った今のトーコ女王への貸し一つは、とてつもなく価値が高いのだから。

それにトーコ女王は性格上、貸しを忘れるタイプでもない。

「――お鮨《すし》」

「は？」

アヤノが突然出した謎ワードに、トーコがぽかんと口を開ける。お鮨？

「分かりませんか。ローエングリン辺境伯は、お鮨が大好きだそうですね」

「う、うん。それで？」

「これは例えばですが、もしわたしが粗相のお詫《わ》びとして、辺境伯のもとに息のかかった一流の鮨職人を送り込めば――」

「ああっ⁉」

思わず大声を出しかけて、慌てて口を塞いだ。

それはマズい。大変にマズい。

それこそが鮨食べ放題の約束を果たせていない、一番の原因なのだから――！

「辺境伯の性格上、豪勢な贈り物は突っぱねたとしても、お鮨なら断らないでしょうね。しかも鮨ネタがダメになるという言い訳もあれば鬼に金棒」

「ニコニコ笑顔でお鮨を食べるスズハ兄の顔が目に浮かぶよ――！」

「やがて辺境伯はその鮨職人に心を許し、まるで家族のように迎え入れられ――」

「それは本当にダメだってばさ⁉」

実際、鮨職人に操られるようなスズハの兄だとはトーコだって思っていない。

けれど。

スズハの兄の自覚のなさと、腕はいいが国家間の事情を知らぬ鮨職人が交差するとき、絶対にロクでもない物語《だいじけん》は始まる——そんな確証があるのも、また事実なのだった。

「しかもこれ、多少の財力さえあれば誰でもできるんですよね」

それこそ一介の貴族だって構わない。

もしもアヤノが、今サクラギ公爵の後ろに並んでいる挨拶待ちの貴族の立場だったら、戦勝祝いだとかなんとか称して、間違いなく鮨職人を送り込む。

もしも送り返されたにしても、多少の金銭が無くなるだけで済むのだから。

「ど、どどどどうしようっ⁉」

「もう一つ《ワンモア》貸しイチ」

「乗った‼」

「——いいでしょう」

無表情のまま頷《うなず》くアヤノ。

だが内心では「や、ややややっ、やりましたっ——！」と大号泣していた。

今この大陸で一番勢いのある王国の絶対女王、トーコへの貸しがトータル二つ。

比喩でもなんでもなく、戦争の勝利一つ分くらいの価値はあるはず。

ありがとう、ローエングリン辺境伯。

あなたのおかげでトーコ女王がポンコツ《ポンコツ》になりました——と、本人が聞いても困るしかない感謝を内心捧《ささ》げつつ。

「わたしだったら答えは一つ」

「それはっ⁉」

「鮨職人を常駐させるから問題が起こるのです。ならば常駐させないで、できるなら毎週、せめて毎月、トーコ女王が鮨職人を連れて訪問すればいいでしょう」

「えええっ⁉　でもローエングリン辺境伯領って、滅茶苦茶《めちゃくちゃ》辺境なんだよ⁉」

「それがなんですか。秘蔵の魔道具でも何でも使って、かっ飛ばせばよろしい」

「いや確かに魔道具はあるけど——！　アレ使うと、一回で王家の年間予算の十分の一が吹き飛ぶんだよ——！」

「それは知られてはいけませんね。ローエングリン辺境伯がいい顔をしない」

「う、うーっ……！」

本気で悩みながらも、小声で「でも毎月、スズハ兄と会う口実が……！」なんて小声で漏らしているトーコがどう決断するかなんて、アヤノにはとっくに分かりきっていた。

やれやれ、と小さく肩をすくめた。

アヤノは思う。
もしも将来、このままドロッセルマイエル王国が大陸を統一したとして。
それはきっと、今のトーコ女王みたいに。
驚くほど平和で、穏やかな世界なのだろうと――

あとがき

お久しぶりでございます。

内容がだいぶ偏っていて「これ売れるのかいな」と首を捻《ひね》りながら出した一巻ですが、思いのほかご好評をいただきまして、こうして二巻を出すことができました。

ご購入いただきました読者様の温かさが身に沁《し》みる今日この頃でございます。

あと巨乳チョロイン学生女騎士もっと流行《はや》れ（願望）。


それはともかく。

タイトルに女騎士学園とあるからには女騎士学園のなにかしらを出していきたい、とか考えてはみたものの、これがなかなか難しいもので。

だってねえ。

国一番の超エリート女騎士を育成する学校とかなんとか設定しておいてアレですが。

この作品って、戦闘の世界観がなんというか、西洋の団体戦じゃないんですよ。

むしろ時代劇とか無双ものとか武侠《ぶきょう》ものとか、ああいう一人が滅茶苦茶《めちゃくちゃ》強い風味でして。

――まあ一人であっさりドラゴン倒すようなユルいファンタジーものって、多少の差はあれど大抵そういう風だとは思うのですが……

となると女騎士学園って、どんな女騎士を養成しているのかって話になるわけですが。

そしてこの作品、びっくりするほど強い学生女騎士が二人。

というわけで。

最強女騎士学園死闘編、とかストーリーを考えてみても、スズハとユズリハが無双する学園百合《ゆり》ストーリーしか思い浮かばなかったのでボツになりました。

いつの日かナイスな話ができたら、唐突に女騎士学園編が始まるかもしれません。


こうして二巻が出るにあたり前巻同様、数多くの皆様のご助力が必要不可欠でした。

ウェブで評価やコメントをくださったり、ツイッター等で拡散してくださった皆様。

いつもあらぬ方向に行きがちの話を軌道修正してくださる、編集のM下様。

超かわいいとエッチを両立したイラストを描いてくださった、なたーしゃ様。

その他、デザイナー様や営業様をはじめ、当作品に関わってくださった全ての皆様。

そしてなにより、この本をご購入、お読みいただきました読者様。

皆様に、心よりの感謝を申し上げます。

富士見ファンタジア文庫

妹《いもうと》が女騎士《おんなきし》学園《がくえん》に入学《にゅうがく》したらなぜか
救国《きゅうこく》の英雄《えいゆう》になりました。ぼくが。2

令和5年1月20日　初版発行
令和5年2月20日　再版発行

著者――ラマンおいどん

発行者――山下直久
発　行――株式会社KADOKAWA
〒102-8177
東京都千代田区富士見2-13-3
0570-002-301（ナビダイヤル）
印刷所――株式会社暁印刷
製本所――本間製本株式会社

ISBN978-4-04-074844-3 C0193　◇◇◇

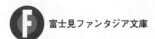

これは世界を救う
久遠崎彩禍。三〇〇時間に一度、滅亡の危機を迎える世界を救い続けてきた最強の魔女。そして――玖珂無色に身体と力を引き継ぎ、死んでしまった初恋の少女。
無色は彩禍として誰にもバレないよう学園に通うことになるのだが……油断すると男性に戻ってしまうため、女性からのキスが必要不可欠で!?
シン世代ボーイ・ミーツ・ガール!
王様のプロポーズ
King Propose
1
橘公司
Koushi Tachibana
[イラスト]――つなこ

最強の初恋
シリーズ
好評発売中!
ファンタジア文庫